A escrava
Antologia de prosa e versos

Maria Firmina dos Reis

edição brasileira© Hedra 2021
organização© Rodrigo Jorge Ribeiro Neves

edição Jorge Sallum
coedição Suzana Salama
assistência editorial Paulo Henrique Pompermaier
revisão Renier Silva
capa Lucas-K

ISBN 978-65-89705-25-3
conselho editorial Adriano Scatolin,
Antonio Valverde,
Caio Gagliardi,
Jorge Sallum,
Ricardo Valle,
Tales Ab'Saber,
Tâmis Parron

Grafia atualizada segundo o Acordo Ortográfico da Língua Portuguesa de 1990, em vigor no Brasil desde 2009.

Direitos reservados em língua portuguesa somente para o Brasil

EDITORA HEDRA LTDA.
R. Fradique Coutinho, 1139 (subsolo)
05416–011 São Paulo SP Brasil
Telefone/Fax +55 11 3097 8304
editora@hedra.com.br

www.hedra.com.br
Foi feito o depósito legal.

A escrava
Antologia de prosa e versos

Maria Firmina dos Reis

Rodrigo Jorge Ribeiro Neves (*organização*)

1ª edição

hedra

São Paulo   2021

A escrava consiste em uma seleção de importantes textos em prosa e poemas de Maria Firmina dos Reis, como o conto "A escrava", de 1887, a novela "Gupeva", de 1861, e 32 poemas: dos quais 29 foram extraídos entre os 56 de *Cantos à beira-mar* (1871), dois da antologia *Parnaso maranhense* (1861), e o famoso "Hino à liberdade dos escravos", originalmente escrito para ser cantado e acompanhado por instrumentos musicais. Nesta seleção, apresentam-se alguns dos principais elementos que caracterizam a literatura da escritora: a situação dos escravizados, que passam a ter protagonismo nas narrativas, o papel da mulher na sociedade, as condições dos povos indígenas, um sentimentalismo romântico amoroso e a exaltação da terra.

Maria Firmina dos Reis (São Luis, MA, 1822–Guimarães, MA, 1917) é considerada a primeira romancista negra da história da literatura brasileira. Em 1847, concorreu à cadeira de Instrução Primária em Guimarães, cidade para a qual se mudou aos cinco anos com sua mãe e sua irmã para viver na casa de uma tia de melhores condições financeiras. Lecionou até 1881, sendo que, em 1880, aos 54 anos, criou uma sala de aula mista e gratuita em Maçaricó, a poucos quilômetros de Guimarães. Sua estreia literária, com o romance *Úrsula*, em 1859, já portava características abolicionistas, que ficariam evidentes em um conto como "A escrava". Também publicou poemas em diversos jornais maranhenses ao longo da década de 1860, depois antologizados em *Cantos à beira-mar*. Também foi compositora e musicista. Sua obra passou a ser lida novamente apenas em 1962, quando o historiador Horácio de Almeida descobriu um exemplar de *Úrsula* entre um lote de livros antigos adquiridos no Rio de Janeiro.

Rodrigo Jorge Ribeiro Neves é doutor em Estudos de Literatura e mestre em Letras pela Universidade Federal Fluminense (UFF). Foi pesquisador visitante na Princeton University (EUA) e bolsista da Fundação Casa de Rui Barbosa. Atuou como docente de literatura brasileira na UFF e na Universidade Federal do Rio de Janeiro (UFRJ). Desenvolveu pesquisa de pós-doutorado no Instituto de Estudos Brasileiros da Universidade de São Paulo (IEB-USP) e na Universidad de Alcalá, Espanha.

Coleção Metabiblioteca foi pensada para edições anotadas, obras completas ou escolhidas de cânones da literatura em língua portuguesa. Desde estabelecimento de textos até novas hipóteses de leitura, a coleção propõe publicações que vão além do que geralmente é conhecido como vernáculo.

Sumário

Apresentação 7

PROSA. 13
A escrava 15
Gupeva 31

VERSOS. 57
Uma lágrima 59
Minha terra 63
A lua brasileira 67
Uma tarde em Cumã 71
Súplica 73
Dirceu 77
O meu segredo 81
Ah! Não posso! 85
Sonho ou visão? 87
Por ocasião da tomada de Villeta e ocupação de Assunção 89
No álbum de uma amiga 91
Seu nome 93
Meus amores 95
Confissão 97
Te Deum 99
Visão 103
A mendiga 107
O proscrito 113
A dor, que não tem cura 115
Amor 117

Itaculumim 119
Meditação 125
Embora eu goste 129
Não quero amar mais ninguém 133
Minha alma 135
A vida é sonho 137
Nênia 139
Uns olhos 143
A uma amiga 145
Por ver-te 147
Minha vida 149
Hino à liberdade dos escravos 151

Apresentação

RODRIGO JORGE RIBEIRO NEVES

Maria Firmina dos Reis nasceu no dia 11 de março de 1822, ano em que o Brasil se tornava independente de Portugal, em São Luís do Maranhão. Filha de Leonor Felipa dos Reis, escrava alforriada e, segundo seu registro de óbito, João Pedro Esteves, homem abastado e sócio do antigo dono de sua mãe. Considerada a primeira escritora negra do Brasil, foi também professora primária, compositora, musicista e criadora da primeira escola de meninas e meninos do país, fundada em Maçaricó, povoado próximo ao município maranhense de Guimarães; as aulas, gratuitas, eram ministradas dentro de um barracão na propriedade de um senhor de engenho. No entanto, a escola mista não chegou a durar três anos em decorrência da insatisfação gerada na cidade.

    A escritora cresceu e viveu em meio a uma sociedade elitista, escravocrata e patriarcal. O estado do Maranhão era mais um a expressar seu elitismo por meio do acesso limitado ao ensino. Na época, só existiam cursos de Medicina e Direito, portanto escritores faziam parte de um grupo extremamente restrito. A maioria eram homens brancos, economicamente privilegiados, com acesso ao estudo das letras e recursos para a publicação de seus trabalhos. Maria Firmina dos Reis viveu a Independência do Brasil em 1822, a promulgação da 1ª Constituição em 1824, a Lei Eusébio de Queiroz de 1850, a Abolição da Escravidão em 1888, a Proclamação da República em 1889, assim como todas as mudanças que surgiram no país e no mundo com a virada do século.

Conheceu a literatura ao mudar-se para a vila de São José de Guimarães, em 1830. Sua relação com parentes ligados ao meio cultural, como o gramático Sotero dos Reis, somada ao autodidatismo, construíram seu amor pelas letras. Pela via da ficção, Firmina foi a primeira a colocar o negro como sujeito humanizado, munido de voz capaz de relatar suas tragédias como instrumento de denúncia à escravidão. Pequena, de rosto redondo, olhos escuros e cabelos crespos, escreveu sua obra mais conhecida com o pseudônimo de *Uma Maranhense*. A partir da publicação de *Úrsula* em 1859, apontado como o primeiro romance abolicionista do Brasil, Maria Firmina dos Reis passou a contribuir para a imprensa local com textos e poemas, além de escrever um conto, uma novela, um livro de poesias e diversas composições musicais. Entre suas principais obras estão *Úrsula*, *Cantos à beira-mar*, de 1871, e "Hino à liberdade dos escravos", de 1888.

Conta-se que, quando foi tomar posse como a primeira mulher a ser aprovada em um concurso público no Maranhão para o cargo de professora de primário, com pouco mais de 20 anos, Firmina recusou o transporte em uma liteira carregada por escravizados, preferindo ir a pé: "Negro não é animal para se andar montado nele". Maria Firmina dos Reis, única mulher dentre os bustos de importantes escritores maranhenses homenageados na Praça do Pantheon, São Luís, morreu no dia 11 de novembro de 1917 aos 95 anos, cega e pobre, na casa de Mariazinha, ex-escravizada e mãe de um de seus filhos de criação.

Segundo Régia Agostinho da Silva, professora da Universidade Federal do Maranhão e autora do artigo "A mente, essa ninguém pode escravizar: Maria Firmina dos Reis e a escrita feita por mulheres no Maranhão", na literatura da escritora "os escravos são nobres e generosos. Estão em pé de igualdade com os brancos e, quando a autora dá voz a eles, deixa que eles mesmos contem suas tragédias. O que já é um salto imenso em relação a outros textos abolicionistas." Para Régia da Silva, esse é um dos prováveis motivos pelos quais a obra da autora passou tantas décadas esquecida e desconhecida do grande público:

O assunto de que tratava era insalubre demais, uma fala antiescravista em uma das províncias mais escravistas do Brasil. Não a levaram a sério localmente, não queriam ouvi-la falando. E ela não teve como levar seu texto para outros lugares.[1]

MARIA FIRMINA NO SÉCULO XX

Foi somente em 1962, em um sebo do Rio de Janeiro, que a obra de Maria Firmina dos Reis foi recuperada pelo historiador paraibano Horácio de Almeida. Nos registros oficiais da Câmara dos Vereadores de Guimarães, sua gravura é, na realidade, a de uma mulher branca, tal como seu busto no Museu Histórico do Maranhão, retrato de uma mulher de nariz fino e cabelos lisos. Através dos novos olhares lançados sobre os estudos da literatura afro-brasileira e da literatura escrita por mulheres, vida e obra de Maria Firmina dos Reis passam a ser resgatadas, integrando-a, aos poucos, ao cânone literário brasileiro.

Outra importante fonte de informações sobre a vida autora é seu famoso *Álbum*, compilação de anotações pessoais da autora que foi disponibilizado ao seu biógrafo, José Nascimento Morais Filho, por um dos filhos de criação da autora, Leude Guimarães. O comentário da professora e pesquisadora Maria Helena Pereira Toledo Machado acerca do *Álbum* é elucidativo de alguns importantes aspectos biográficos de Maria Firmina:

O *Álbum* agrupa diferentes tipos de registro, que seguem os parâmetros usuais da redação de diário característicos do século XIX: anotações de datas familiares e comemorativas, de visitas e participações em eventos sociais, como casamentos, de partidas e chegadas de viagem, e reflexões sobre a vida da autora. Nesse conjunto, chamam atenção as

1. SILVA, Régia Agostinho da *apud* D'ANGELO, Helô. "Quem foi Maria Firmina dos Reis, considerada a primeira romancista negra". São Paulo: *Cult*, 2017. Disponível em hedra.com.br/r/315.

entradas referentes às sucessivas perdas dos filhos adotivos ou afilhados (Firmina se encarregou da criação de onze crianças, algumas delas filhas de escravas/ os), cujas notas revelam o fundo sofrimento que cada uma das mortes acarretou.

Manifestando incompreensão trágica e esforço de conformação com a vontade divina, esses apontamentos invariavelmente terminam com a frase "que a terra lhe seja leve", imprimindo um tom ainda mais soturno à redação. Por fim, as reflexões sobre sua vida exprimem um profundo senso de solidão, fragilidade e melancolia, expresso em paisagens noturnas, visões do infinito e do vazio, e aguda consciência de sua individualidade. Esse é considerado o primeiro diário redigido por uma mulher a ser publicado no Brasil.[2]

SOBRE A EDIÇÃO

Esta edição é uma miscelânea de gêneros literários praticados por Maria Firmina dos Reis, entre a prosa e a poesia. Ela reúne os textos, em prosa, "A escrava" e "Gupeva"; e versos extraídos do livro *Cantos à beira-mar*, de 1871, e da coletânea *Parnaso maranhense*, de 1861, além do "Hino à liberdade dos escravos", de 1888. Os textos são apresentados na mesma ordem que acabamos de mencionar, sem hierarquização cronológica ou de importância, apenas dividimos por gênero para conferir uma coesão estrutural na organização da edição.

O conto "A escrava" foi publicado, pela primeira vez, na terceira edição da *Revista Maranhense*, em novembro de 1887. No século XX, vem sendo editado nas mais diversas antologias sobre a autora, denotando seu lugar de destaque no conjunto até então conhecido de sua obra e na história da literatura brasileira. A narrativa tem caráter abolicionista e marca uma fase mais amadurecida da autora. Ao colocar como protagonista uma mulher negra escravizada, que fugiu de seu algoz e relata sua própria

---

2. MACHADO, Maria Helena Pereira Toledo. "Maria Firmina dos Reis: invisibilidade e presença de uma romancista negra no Brasil do século XIX ao XX". In: REIS, Maria Firmina dos. *Úrsula*. São Paulo: Penguin Classics Companhia das Letras, 2018, p. 11-12.

história para a narradora, descrita apenas como "uma senhora", Firmina dos Reis constrói um relato não apenas de escravidão, mas, sobretudo, de resistência e liberdade.

Quanto a "Gupeva", trata-se de uma novela publicada, pela primeira vez e de forma incompleta, em capítulos no semanário *O Jardim Maranhense*, entre outubro de 1861 e janeiro de 1862. O texto foi publicado em versão completa e revista em mais dois periódicos pela escritora, no jornal *Porto Livre*, em 1863, e em *Eco da Juventude*, em 1865. Ambientada na Bahia, a novela narra a história do indígena Gupeva e da filha de sua esposa, Épica. Com a morte da mulher logo após o parto, Gupeva batiza a criança com o mesmo nome da mãe e passa a cuidar dela como pai. A paixão de Épica, a filha, por um marinheiro francês traz à tona um passado repleto de conflitos.

O livro de poesia *Cantos à beira-mar* foi publicado, pela primeira vez, em 1871, pela Typografia do Paiz. Dos 56 poemas, foram selecionados 29 para esta organização. Nos versos líricos, estão presentes muitos dos temas relacionados ao Romantismo brasileiro, como a exaltação da terra, o nacionalismo, a idealização e a impossibilidade do sentimento amoroso. Além disso, há poemas com crítica à sociedade patriarcal e ao papel destinado às mulheres na sociedade. Há ainda um poema indianista, "Por ocasião da tomada de Villeta e ocupação de Assunção", dialogando com a novela "Gupeva".

Os poemas "Por ver-te" e "Minha vida" transcritos de uma coletânea com textos de outros poetas da geração de Firmina dos Reis, como Gonçalves Dias e Sotero dos Reis. O livro *Parnaso maranhense* foi publicado em 1861 pela Tipografia do Progresso, em São Luís, com organização de Gentil Homem de Almeida Braga, Antônio Marques Rodrigues, Raimundo de Brito Gomes de Sousa, Luís Antônio Vieira da Silva, Joaquim Serra e Joaquim da Costa Barradas. Por fim, temos um dos textos poéticos mais famosos da autora, o "Hino à liberdade dos escravos", gênero bastante presente em sua obra, composto por ocasião da Abolição da Escravatura, em 1888.

É também importante ressaltar que as características do Romantismo permeiam a obra de Maria Firmina. *Úrsula* trata de um amor conturbado entre dois jovens brancos, no entanto dá protagonismo a certos personagens escravizados, expondo suas reflexões acerca das injustiças presentes em uma sociedade escravocrata e patriarcal. Questões sociais e abolicionistas fazem parte da terceira fase do Romantismo, também conhecida como Condoreirismo. "Gupeva", por outro lado, integra particularidades do indianismo, uma das tendências mais marcantes da fase romântica. Por fim, grande parte de seus poemas publicados em *Cantos à beira-mar* exprimem uma inquietação diante do autoritarismo vigente, fruto do patriarcado escravocrata, e o eu lírico feminino manifesta a agonia e a melancolia tão presentes na produção do período romântico.

Para o estabelecimento do texto, cotejamos os textos publicados em *Maria Firmina dos Reis: fragmentos de uma vida*, de 1975, edição organizada por Nascimento Morais Filho, em *Úrsula*, de 2009, e *Úrsula e outras obras*, de 2019. A escrita foi atualizada conforme o Novo Acordo Ortográfico, mas foram mantidas colocações pronominais da época e grafias como *soidão* ("solidão"), para não romper com o ritmo e a métrica do texto.

PROSA

A escrava

Em um salão onde se achavam reunidas muitas pessoas distintas, e bem colocadas na sociedade, e depois de versar a conversação sobre diversos assuntos mais ou menos interessantes, recaiu sobre o elemento servil.
  O assunto era por sem dúvida de alta importância. A conversação era geral; as opiniões, porém, divergiam. Começou a discussão.
  — Admira-me, — disse uma senhora de sentimentos sinceramente abolicionistas; — faz-me até pasmar como se possa sentir e expressar sentimentos escravocratas, no presente século, no século dezenove! A moral religiosa e a moral cívica aí se erguem, e falam bem alto esmagando a hidra que envenena a família no mais sagrado santuário seu, e desmoraliza, e avilta a nação inteira! Levantai os olhos ao Gólgota, ou percorrei-os em torno da sociedade, e dizei-me:
  — Para quê se deu em sacrifício o Homem Deus, que ali exalou seu derradeiro alento? Ah! Então não é verdade que seu sangue era o resgate do homem! É então uma mentira abominável ter esse sangue comprado a liberdade!? E depois, olhai a sociedade... Não vedes o abutre que a corrói constantemente!... Não sentis a desmoralização que a enerva, o cancro que a destrói?
  Por qualquer modo que encaremos a escravidão, ela é, e será sempre um grande mal. Dela a decadência do comércio; porque o comércio e a lavoura caminham de mãos dadas, e o escravo não pode fazer florescer a lavoura; porque o seu trabalho é forçado. Ele não tem futuro; o seu trabalho não é indenizado; ainda dela nos vem o opróbrio, a vergonha; porque de frente altiva e desassombrada não podemos encarar as nações livres; por isso que o

estigma da escravidão, pelo cruzamento das raças, estampa-se na fronte de todos nós. Embalde procurará um dentre nós, convencer ao estrangeiro que em suas veias não gira uma só gota de sangue escravo...

E depois, o caráter que nos imprime e nos envergonha! O escravo é olhado por todos como vítima — e o é.

O senhor, que papel representa na opinião social?

O senhor é o verdugo — e esta qualificação é hedionda.

Eu vou narrar-vos, se me quiserdes prestar atenção, um fato que ultimamente se deu. Poderia citar-vos uma infinidade deles; mas este basta, para provar o que acabo de dizer sobre o algoz e a vítima.

E ela começou:

— Era uma tarde de agosto, bela como um ideal de mulher, poética como um suspiro de virgem, melancólica e suave como sons longínquos de um alaúde misterioso.

Eu cismava, embevecida na beleza natural das alterosas palmeiras que se curvaram gemebundas, ao sopro do vento, que gemia na costa.

E o sol, dardejando seus raios multicores, pendia para o ocaso em rápida carreira.

Não sei que sensações desconhecidas me agitavam, não sei!... Mas sentia-me com disposições para o pranto.

De repente uns gritos lastimosos, uns soluços angustiados feriram-me os ouvidos, e uma mulher correndo, e em completo desalinho, passou por diante de mim, e como uma sombra desapareceu.

Segui-a com a vista. Ela espavorida, e trêmula, deu a volta em torno de uma grande moita de murta, e colando-se no chão nela se ocultou.

Surpresa com a aparição daquela mulher, que parecia foragida, daquela mulher que um minuto antes quebrara a solidão com seus ais lamentosos, com gemidos magoados, com gritos de suprema angústia, permaneci com a vista alongada e olhar fixo, no lugar que a vi ocultar-se.

Ela muda, e imóvel, ali quedou-se.
Eu então a mim mesma, interroguei:
— Quem será a desditosa?
Ia procurá-la — coitada! Uma palavra de animação, um socorro, algum serviço, lembrei-me, poderia prestar-lhe. Ergui-me.

Mas, no momento mesmo em que este pensamento, que acode a todo homem em idênticas circunstâncias, se me despertava, um homem apareceu no extremo oposto do caminho.

Era ele de cor parda, de estatura elevada, largas espáduas, cabelos negros, e anelados.

Fisionomia sinistra era a desse homem, que brandia, brutalmente, na mão direita um azorrague repugnante; e da esquerda deixava pender uma delgada corda de linho.

— Inferno! Maldição! — bradara ele com voz rouca. — Onde estará ela? — e perscrutava com a vista por entre os arvoredos desiguais que desfilavam à margem da estrada.

— Tu me pagarás — resmungava ele. — E aproximando-se de mim:

Não viu, minha senhora, — interrogou com acento, cuja dureza procurava reprimir, — não viu por aqui passar uma negra, que me fugiu das mãos ainda há pouco? Uma negra que se finge doida... Tenho as calças rotas de correr atrás dela por estas brenhas. Já não tenho fôlego.

Aquele homem de aspecto feroz era o algoz daquela pobre vítima, compreendi com horror.

De pronto tive um expediente. — Vi-a, tornei-lhe com a naturalidade, que o caso exigia; — vi-a, e ela também me viu, corria em direção a este lugar; mas parecendo intimidar-se com minha presença, tomou direção oposta, volvendo-se repentinamente sobre seus passos. Por fim a vi desaparecer, internando-se na espessura, muito além da senda que ali se abre.

E dizendo isto, indiquei-lhe com um aceno a senda que ficava a mais de cem passos de distância, aquém do morro em que me achava.

Minhas palavras inexatas, o ardil de que me servi, visavam a fazê-lo retroceder: logrei o meu intento.

Franziu o sobrolho, e sua fisionomia traiu a cólera que o assaltou.

Mordeu os beiços e rugiu:

— Maldita negra! Esbaforido, consumido, a meter-me por estes caminhos, pelos matos em procura da preguiçosa... Ora! Hei de encontrar-te; mas, deixa estar, eu te juro, será esta a derradeira vez que me incomodas. No tronco... no tronco: e de lá foge!

— Então, — perguntei-lhe, aparentando o mais profundo indiferentismo, pela sorte da desgraçada, — foge sempre?

— Sempre, minha senhora. Ao menor descuido foge. Quer fazer acreditar que é doida.

— Doida! — exclamei involuntariamente, e com acento que traía os meus sentimentos.

Mas o homem do azorrague não pareceu reparar nisso, e continuou:

— Doida... doida fingida, caro te há de custar.

Acreditei-o o senhor daquela mísera; mas empenhada em vê-lo desaparecer daquele lugar, disse-lhe:

— A noite se avizinha, e se a deixa ir mais longe, difícil lhe será encontrá-la.

— Tem razão, minha senhora; eu parto imediatamente, — e cumprimentando-me rudemente, retrocedeu correndo a mesma estrada que lhe tinha maliciosamente indicado.

Exalei um suspiro de alívio, ao vê-lo desaparecer na dobra do caminho.

O sol de todo sumia-se na orla cinzenta do horizonte, o vento paralisado não agitava as franças dos anosos arvoredos, só o mar gemia ao longe da costa, semelhando o arquejar monótono de um agonizante.

Ergui ao céu um voto de gratidão; e lembrei-me que era tempo de procurar minha desditosa protegida.

Ergui-me cônscia de que ninguém me observava, e acercava-me já da moita de murta, quando um homem rompendo a espessura, apareceu ofegante, trêmulo e desvairado.

Confesso que semelhante aparição causou-me um terror imenso. Lembrei-me dos criados, que eu tinha convocado a essa hora naquele lugar, e que ainda não chegavam. Tive medo.

Parei instantemente, e fixei-o. Apesar do terror que me havia inspirado, fixei-o resolutamente.

De repente, serenou o meu temor; olhei-o, e do medo, passei à consideração, ao interesse.

Era quase uma ofensa ao pudor fixar a vista sobre aquele infeliz, cujo corpo seminu mostrava-se coberto de recentes cicatrizes; entretanto sua fisionomia era franca, e agradável. O rosto negro, e descarnado; suposto seu juvenil aspecto aljofarado de copioso suor, seus membros alquebrados de cansaço, seus olhos rasgados, ora deferindo luz errante, e trêmula, agitada, e incerta traduzindo a excitação, e o terror, tinham um quê de altamente interessante.

No fundo do coração daquele pobre rapaz, devia haver rasgos de amor, e generosidade.

Cruzamos ele e eu as vistas, e ambos recuamos espavoridos. Eu, pelo aspecto comovente e triste daquele infeliz, tão deserdado da sorte; ele, por que seria?

Isto teve a duração de um segundo apenas: recobrei ânimo em presença de tanta miséria, e tanta humilhação, e este ânimo procurei de pronto transmitir-lhe.

Longe de lhe ser hostil, o pobre negro compreendeu que eu ia talvez minorar o rigor de sua sorte; parou instantaneamente, cruzou as mãos no peito, e com voz súplice, murmurou algumas palavras que eu não pude entender.

Aquela atitude comovedora despertou-me compaixão; apesar do medo que nos causa a presença dum calhambola, aproximei-me dele, e com voz, que bem compreendeu ser protetora e amiga, disse-lhe:

— Quem és, filho? O que procuras?

— Ah! Minha senhora, — exclamou erguendo os olhos ao

céu, — eu procuro minha mãe, que correu nesta direção, fugindo ao cruel feitor, que a perseguia. Eu também agora sou um fugido: porque há uma hora deixei o serviço para procurar minha pobre mãe, que além de doida está quase a morrer. Não sei se ele a encontrou; e o que será dela. Ah! Minha mãe! É preciso que eu corra, a ver se acho antes que o feitor a encontre.

— Aquele homem é um tigre, minha senhora, é uma fera.

Ouvia-o, sem o interromper, tanto interesse me inspirava o mísero escravo.

— Amanhã, — continuou ele, — hei de ser castigado; porque saí do serviço, antes das seis horas, hei de ter trezentos açoites; mas minha mãe morrerá se ele a encontrar. Estava no serviço, coitada! Minha mãe caiu, desfalecida; o feitor lhe impôs que trabalhasse, dando-lhe açoites; ela deitou a correr gritando. Ele correu atrás. Eu corri também, corri até aqui porque foi esta a direção que tomaram. Mas, onde está ela, onde estará ele?

— Escuta, — lhe tornei então, — tua mãe está salva, salvou-a o acaso; e o feitor está agora bem longe daqui.

— Ah! Minha senhora, onde, onde está a minha mãe e quem a salvou?

— Segue-me, — disse eu — tua mãe está ali — e apontei para a moita onde se refugiara.

— Minha mãe, — sem receio de ser ouvido, exclamou o filho — minha mãe!...

Com efeito, ali com a fronte reclinada sobre um tronco decepado; e o corpo distendido no chão, dormia um sono agitado a infeliz foragida.

— Minha mãe, — gritou-lhe ao ouvido curvando os joelhos em terra, e tomando-a nos seus braços. — Minha mãe... sou Gabriel...

A esta exclamação de pungente angústia, a mísera pareceu despertar.

Olhou-a fixamente; mas não articulou um som.

— Ah! — redarguiu Gabriel, — ah! Minha senhora! Minha mãe morre!

Concheguei-me àquele grupo interessante a fim de prestar-lhe algum serviço. Com efeito era tempo. Ela era presa dum ataque espasmódico. Estava hirta e parecia prestes a exalar o derradeiro suspiro.

— Não, ela não morre deste ataque; mas é preciso prestar-lhe pronto socorro, — disse-lhe.

— Diga, minha senhora, — tornou o rapaz na mais pungente ansiedade, — que devo fazer? Volte eu embora à fazenda, seja castigado com rigor; mas não quero, não posso ver minha mãe morrer aqui, sem socorro algum.

— Sossega, — disse-lhe, vendo assomar ao morro, donde observavam tudo que acabo de narrar, os meus criados, que me procuravam; — espera, disse-lhe:

Vou fazer transportar tua mãe, à minha casa, e lhe farei tornar à vida.

— Diga, minha senhora, ordene.

— Não moro presentemente longe daqui. Sabes a distância que vai daqui à praia? Estou nos banhos salgados.

— Sei, sim, senhora, é muito perto. Que devo então fazer?

— Tu, e estes homens — os criados acabavam de chegar — vão transportá-la imediatamente à minha morada, e lá procurarei reanimá-la.

— Oh! Minha senhora, que bondade! — foi só o que disse e, ato contínuo, tomou nos braços a pobre mãe, ainda entregue ao seu dorido paroxismo, disse:

— Minha senhora, eu só levaria minha mãe ao fim do mundo.

Senti-me tocada de veneração em presença daquele amor filial, tão singelamente manifestado.

— Sigamos, então, — tornei eu.

Gabriel caminhava tão apressadamente que eu mal podia acompanhá-lo.

Em menos de quinze minutos transpúnhamos o umbral da casinha, que há dois dias apenas eu habitava.

Eu bem conhecia a gravidade do meu ato: recebia em meu

lar dois escravos foragidos, e escravos talvez de algum poderoso senhor; era expor-me à vindita da lei; mas em primeiro lugar o meu dever, e o meu dever era socorrer aqueles infelizes.

Sim, a vindita da lei; lei que infelizmente ainda perdura, lei que garante ao forte o direito abusivo, e execrando de oprimir o fraco.

Mas, deixar de prestar auxílio àqueles desgraçados, tão abandonados, tão perseguidos, que nem para a agonia derradeira, nem para transpor esse tremendo portal da Eternidade, tinham sossego, ou tranquilidade! Não.

Tomei com coragem a responsabilidade do meu ato: a humanidade me impunha esse santo dever.

Fiz deitar a moribunda em uma cama, fiz abrir as portas todas para que a ventilação se fizesse livre, e boa, e prestei-lhe os serviços, que o caso urgia, e com tanta vantagem, que em pouco recuperou os sentidos.

Olhou em torno de si, como que espantada do que via, e tornou a fechar os olhos.

— Minha mãe!... Minha mãe, — de novo exclamou o filho.

Ao som daquela voz chorosa, e tão grata, ela ergueu a cabeça, distendeu os braços, e, com voz débil, murmurou:

— Carlos!... Urbano...

— Não, minha mãe sou Gabriel.

— Gabriel, — tornou ela, com voz estridente. — É noite, e eles para onde foram?

— De quem fala ela? — interroguei Gabriel, que limpava as lágrimas na coberta da cama de sua mãe.

— É doida, minha senhora; fala de meus irmãos Carlos e Urbano, crianças de oito anos, que meu senhor vendeu para o Rio de Janeiro. Desde esse dia ela endoideceu.

— Horror! — exclamei com indignação e dor. Pobre mãe!

— Só lhe resto eu, — continuou soluçando — só eu... só eu!...

Entretanto, a enferma pouco a pouco recobrava as forças, a vida, e a razão. Fenômenos da morte, por assim dizer: é luta imponente, embora da natureza, com o extermínio.

— Gabriel? Gabriel? — És tu?
— É noite. Eu morro... E o serviço? E o feitor?
— Estás em segurança, pobre mulher, disse-lhe, — tu e teu filho estão sob a minha proteção. Descansa, aqui ninguém lhes tocará com um dedo.

Como não devem ignorar, eu já me havia constituído então membro da sociedade abolicionista da nossa província, e da do Rio de Janeiro. Expedi de pronto um próprio à capital.

Então ela fixou-me, e em seus olhos brilhou lucidez, esperança, e gratidão.

Sorriu-se e murmurou.

— Inda há neste mundo quem se compadeça de um escravo?
— Há muita alma compassiva, — retorqui-lhe, — que se condói do sofrimento de seu irmão.

Naquela hora quase suprema, a infeliz exclamou com voz distinta:

— Não sabe, minha senhora, eu morro, sem ver mais meus filhos! Meu senhor os vendeu... eram tão pequenos... eram gêmeos. Carlos, Urbano... Tenho a vista tão fraca... é a morte que chega. Não tenho pena de morrer, tenho pena de deixar meus filhos... meus pobres filhos!... Aqueles que me arrancaram destes braços... Este que também é escravo!...

E os soluços da mãe confundiram-se por muito tempo com os soluços do filho.

Era uma cena tocante e lastimosa, que despedaçava o coração. Ah! Maldição sobre a opressão! Maldição sobre o escravocrata!

Cheguei-lhe aos lábios o calmante que a ia sustendo, e ordenei a Gabriel fosse tomar algum alimento. Era preciso separá-los.

— Quem é vossemecê, minha senhora, que tão boa é para mim, e para meu filho? Nunca encontrei em vida um branco que se compadecesse de mim; creio que Deus me perdoa os meus pecados, e que já começo a ver seus anjos.

— E quem é esse senhor tão mau, esse senhor que te mata?

— Então, minha senhora, não conhece o senhor Tavares, do Cajuí?

— Não, — tornei-lhe com convicção, — estou aqui apenas há dois dias, tudo me é estranho; não o conheço. É bom que colha algumas informações dele: Gabriel mas dará.

— Gabriel! — disse ela — não. Eu mesma. Ainda posso falar.

E começou:

— Minha mãe era africana, meu pai de raça índia; mas de cor fusca. Era livre, minha mãe era escrava.

Eram casados e, desse matrimônio, nasci eu. Para minorar os castigos que este homem cruel infligia diariamente a minha pobre mãe, meu pai quase consumia seus dias ajudando-a nas suas desmedidas tarefas; mas ainda assim, redobrando o trabalho, conseguiu um fundo de reserva em meu benefício.

Um dia apresentou a meu senhor a quantia realizada, dizendo que era para o meu resgate. Meu senhor recebeu a moeda sorrindo-se — tinha eu cinco anos — e disse: — A primeira vez que for à cidade trago a carta dela. Vai descansado.

Custou a ir à cidade: quando foi demorou-se algumas semanas e, quando chegou, entregou a meu pai uma folha de papel escrita, dizendo-lhe:

— Toma, e guarda, com cuidado, é a carta de liberdade de Joana. Meu pai não sabia ler, de agradecido beijou as mãos daquela fera.

Abraçou-me, chorou de alegria, e guardou a suposta carta de liberdade.

Então furtivamente eu comecei a aprender a ler, com um escravo mulato, e a viver com alguma liberdade.

Isto durou dois anos. Meu pai morreu de repente e, no dia imediato, meu senhor disse a minha mãe:

— Joana que vá para o serviço, tem já sete anos, e eu não admito escrava vadia.

Minha mãe, surpresa e confundida, cumpriu a ordem sem articular uma palavra.

Nunca a meu pai passou pela ideia que aquela suposta carta

de liberdade era uma fraude; nunca deu a ler a ninguém; mas minha mãe, à vista do rigor de semelhante ordem, tomou o papel, e deu-o a ler àquele que me dava as lições. Ah! Eram umas quatro palavras sem nexo, sem assinatura, sem data! Eu também a li, quando caiu das mãos do mulato. Minha pobre mãe deu um grito, e caiu estrebuchando.

Sobreveio-lhe febre ardente, delírios, e três dias depois estava com Deus.

Fiquei só no mundo, entregue ao rigor do cativeiro.

Aqui ela interrompeu-se; agitou-lhe os membros um tremor convulso. A morte fazia os seus progressos. De novo cheguei-lhe aos lábios a colher do calmante, que lhe aplicava, e pedi-lhe, não revocasse lembranças dolorosas que a podiam matar.

— Ah! Minha senhora, — começou de novo, mais reanimada; — apadrinhe Gabriel, meu filho, ou esconda-o no fundo da terra; olhe, se ele for preso, morrerá debaixo do açoite, como tantos outros, que meu senhor tem feito expirar debaixo do azorrague! Meu filho acabará assim.

— Não, não há de acabar assim, — descansa. Teu filho está sob minha proteção, e qualquer que seja a atitude que possa assumir esse homem, que é teu senhor, Gabriel não voltará mais ao seu poder.

Ela recolheu-se por algum tempo, depois tomando-me as mãos, beijou-as com reconhecimento.

— Ah! Se pudesse, nesta hora extrema ver meus pobres filhos, Carlos e Urbano!... Nunca mais os verei!

Tinham oito anos.

Um homem apeou-se à porta do Engenho, onde juntos trabalhavam meus pobres filhos — era um traficante de carne humana. Ente abjeto, e sem coração! Homem a quem as lágrimas de uma mãe não podem comover, nem comovem os soluços do inocente.

Esse homem trocou ligeiras palavras com meu senhor, e saiu. Eu tinha o coração opresso, pressentia uma nova desgraça.

À hora permitida ao descanso, concheguei a mim meus pobres filhos, extenuados de cansaço, que logo adormeceram. Ouvi ao longe rumor, como de homens que conversavam. Alonguei os ouvidos; as vozes se aproximavam. Em breve reconheci a voz do senhor. Senti palpitar desordenadamente meu coração; lembrei-me do traficante... corri para meus filhos, que dormiam, apertei-os ao coração. Então senti um zumbido nos ouvidos, fugiu-me a luz dos olhos e creio que perdi os sentidos.

Não sei quanto tempo durou este estado de torpor; acordei aos gritos de meus pobres filhos, que me arrastavam pela saia, chamando-me: mamãe! Mamãe!

Ah! Minha senhora! Abri os olhos. Que espetáculo! Tinham metido adentro a porta da minha pobre casinha, e nela penetrado meu senhor, o feitor, e o infame traficante.

Ele e o feitor arrastavam, sem coração, os filhos que se abraçavam a sua mãe.

Gabriel entrava nesse momento. Basta, minha mãe, disse-lhe, vendo em seu rosto debuxados todos os sintomas de uma morte próxima.

— Deixa concluir, meu filho, antes que a morte me cerre os lábios para sempre... deixa-me morrer amaldiçoando os meus carrascos.

— Por Deus, por Deus, gritei eu tornando a mim, por Deus levem-me com meus filhos!

— Cala-te! gritou meu feroz senhor. Cala-te, ou te farei calar.

— Por Deus, tornei eu de joelhos, e tomando as mãos do cruel traficante:

— Meus filhos!... Meus filhos!...

Mas ele, dando um mais forte empuxão e ameaçando-os com o chicote que empunhava, entregou-os a alguém que os devia levar...

Aqui a mísera calou-se; eu respeitei o seu silêncio que era doloroso, quando lhe ouvi um arranco profundo, e magoado.

Curvei-me sobre ela. Gabriel ajoelhou-se, e juntos exclamamos:

— Morta!

Com efeito tinha cessado de sofrer. O embate tinha sido forte demais para as suas débeis forças.

A lua percorria melancólica e solitária os paramos do céu, e cortava com uma fita de prata as vagas do oceano.

No mesmo instante, um homem assomou à porta. Era o homem do azorrague que eles intitulavam do feitor; era aquele homem de fisionomia sinistra e terrível, que me interpelara algumas horas antes, acerca da infeliz foragida; e este homem aparecia agora mais hediondo ainda, seguido de dois negros que, como ele, pararam à porta.

— Que pretende o senhor? — perguntei-lhe. — Pode entrar.

O pobre Gabriel refugiou-se, trêmulo, ao canto mais escuro da casa.

— Anda, Gabriel, disse-lhe com voz segura, continua a tua obra, e voltando-me para o feitor, acrescentei:

— Eu e este desolado filho ocupamo-nos em cerrar os olhos à infeliz, a quem o cativeiro e o martírio despenharam tão depressa na sepultura.

Comovidos em presença da morte, os dois escravos deixaram pender a fronte no peito; o próprio feitor, ao primeiro ímpeto, teve um impulso de homem; mas, recompondo de pronto na rude e feroz fisionomia, disse-me:

— É hoje a segunda vez que a encontro, minha senhora, entretanto, não sei ainda a quem falo. Peço-lhe que me diga o seu nome, para que eu conheça o patrão, o senhor Tavares. É escandalosa, minha senhora, a proteção que dá a estes escravos fugidos.

Estas palavras inconvenientes mereceram o meu desdém; não lhe retorqui.

O meu silêncio lhe deu maior coragem, e, fazendo-se insolente, continuou:

— A senhora coadjuvou a mãe em sua fuga; acabou aqui, mais tarde saberemos de quê. Pretenderá também coadjuvar o filho? É o que havemos de ver!...

João, Felix! E com um aceno indicou-lhes o que deviam fazer.

Gabriel, que ao meu chamado voltara para junto do cadáver de sua mãe, sentindo que o vinham prender, levantou-se espavorido, sem saber o que fazer.

— Detém-te! — lhe gritei eu. — Estás sob a minha imediata proteção; — e voltando-me para o homem do azorrague, disse-lhe:

— Insolente! Nem mais uma palavra. Vai-te, diz a teu amo, — miserável instrumento de um escravocrata; diz a ele que uma senhora recebeu em sua casa uma mísera escrava, louca porque lhe arrancaram dos braços dois filhos menores, e os venderam para o Sul; uma escrava moribunda; mas ainda assim perseguida por seus implacáveis algozes.

Vai-te e entrega-lhe este cartão; aí achará o meu nome.

Vai, e que nunca mais nos tornemos a ver.

Ele mordeu os beiços para tragar o insulto, e desapareceu.

No dia seguinte, era já de tarde, estava quase a desfilar o saimento da infeliz Joana, quando à porta de minha casinha, vi apear-se um homem. Era o senhor Tavares.

Cumprimentou-me com maneiras da alta sociedade, e disse-me:

— Desculpe-me, querida senhora, se me apresento em sua casa, tão brusca e desazadamente; entretanto...

— Sem cerimônia, senhor, disse-lhe, procurando abreviar aqueles cumprimentos que me incomodavam.

Sei o motivo que aqui o trouxe, e podemos, se quiser, encetar já o assunto.

Custava-me, confesso, estar por longo tempo em comunicação com aquele homem, que encarava sua vítima, sem consciência, sem horror.

— Peço-lhe mil desculpas, se a vim incomodar.

— Pelo contrário, retorqui-lhe. O senhor poupou-me o trabalho de o ir procurar.

— Sei que esta negra está morta, — exclamou ele, — e o filho acha-se aqui; tudo isto teve a bondade de comunicar-me ontem. Esta negra, continuou, olhando fixamente para o cadáver

— esta negra era alguma coisa monomaníaca, de tudo tinha medo, andava sempre foragida, nisto consumiu a existência. Morreu, não lamento esta perda; já para nada prestava. O Antônio, o meu feitor, que é um excelente e zeloso servidor, é que se cansava em procurá-la. Porém, minha senhora, este negro! — designava o pobre Gabriel, — com este negro a coisa muda de figura; minha querida senhora, este negro está fugido; espero, me entregará, pois sou o seu legítimo senhor, e quero corrigi-lo.

— Pelo amor de Deus, minha mãe, — gritou Gabriel, completamente desorientado, — minha mãe, leva-me contigo.

— Tranquiliza-te, — lhe tornei com calma; — não te hei já dito que te achas sob a minha proteção? Não tem confiança em mim?

Aqui o senhor Tavares encarou-me estupefato e depois perguntou-me:

— Que significam essas palavras, minha querida senhora? Não a compreendo.

— Vai compreender-me, — retorqui, apresentando-lhe um volume de papéis subscritados e competentemente selados.

Rasgou o subscrito, e leu-os. Nunca em sua vida tinha sofrido tão extraordinária contrariedade.

— Sim, minha cara senhora, — redarguiu, terminando a leitura; — o direito de propriedade, conferido outrora por lei a nossos avós, hoje nada mais é que uma burla...

A lei retrogradou. Hoje protege-se escandalosamente o escravo contra seu senhor; hoje qualquer indivíduo diz a um juiz de órfãos:

Em troca desta quantia exijo a liberdade do escravo fulano — haja ou não a aprovação do seu senhor.

Não acham isto interessante?

— Desculpe-me, senhor Tavares, — disse-lhe.

Em conclusão, apresento-lhe um cadáver, e um homem livre. Gabriel, ergue a fronte. Gabriel, és livre!

O senhor Tavares cumprimentou e retrocedeu no seu fogoso alazão, sem dúvida alguma mais furioso que um tigre.

Gupeva

I

Era uma bela tarde: o sol de agosto animador e grato declinava já seus fúlgidos raios; no ocaso ele derramava um derradeiro olhar sobre a terra e sobre o mar que, a essa hora mágica do crepúsculo, estava calmo e bonançoso, como uma criança adormecida nos braços de sua mãe.

Seus raios desenhavam no horizonte as cores cambiantes do prisma, e desciam com melancólico sorriso as planuras da terra, e a superfície do mar. Uma tarde de agosto nas nossas terras do Norte tem um encanto particular: quem ainda as não gozou, não conhece na vida o que há de mais belo, mais poético, não conhece a hora do dia que o Criador nos deu para esquecermos todas as ambições da vida, para folhearmos o livro do nosso passado, buscarmos nela a melhor página, a única dourada que nela existe, e aí nos deleitarmos na recordação saudável da hora feliz da nossa existência: aquele que ainda a não gozou é como se seus olhos vivessem cerrados à luz; é como se seu coração empedernido nunca houvera sentido uma doce emoção, é como se à voz da sua alma nunca uma voz amiga houvera respondido.

O que a gozou, sim; o que a goza, esse adivinha os prazeres do paraíso, sonha as poesias do céu, escuta a voz dos anjos na morada celeste; esquece as dores da existência e embala-se na esperança duma eternidade risonha, ama o seu Deus e lhe dispensa afetos; porque nessa hora como que a face do Senhor se nos patenteia nos desmaiados raios do sol, no manso gemer da brisa, o saudoso murmúrio das matas, na vasta superfície das águas, na ondulação mimosa dos palmares, no perfume odorífero das flores, no canto suavíssimo das aves, na voz reconhecida da nossa alma!

Era pois, como dissemos, uma bela tarde de agosto, e dessa encantadora tarde gozavam com delícia os habitantes da Bahia, nessa época bem raros, e ainda incultos, ou quase selvagens. O disco do sol amortecido em seu último alento beijava as enxárcias dum navio ancorado na Baía de Todos os Santos, a cuja frente eleva-se hoje a bela cidade de S. Salvador, e afagava mansamente as faces pálidas dum jovem oficial, que à hora do crepúsculo, com os olhos fitos em terra parecia devorado por um ardentíssimo desejo, por um querer que a seu pesar lhe atraía para onde quer que fosse todos os sentimentos da sua alma.

Sonhava acordado; mas era esse sonhar desesperado, ansioso, frenético como o sonhar dum louco: era um sonhar doído, cansado, incômodo, como o sonhar do homem que já não tem uma esperança; era o sonhar frenético de Napoleão, nas solidões de Santa Helena, era o sonhar doído de Luís XVI na véspera do suplício. Encostado ao castelo da popa, o mancebo parecia nada ver do que lhe ia em torno, nem mesmo o sol, que dava-lhe então seu derradeiro e melancólico adeus, escondendo seu disco nas regiões do oceano.

Patética, sublime, e quase misteriosa era a despedida desse sol, brincando tristemente nos cabelos acetinados do moço oficial, e fugindo vagaroso, e de novo voltando, envolvendo-o pelas espáduas, como em um último abraço, e depois mergulhando-se pressuroso nas trevas, como um amigo que junto do sepulcro beija as faces geladas e lívidas do amigo, e corre com a saudade no coração a cobrir seus membros de lutuosas vestes.

O navio em que acabamos de ver esse moço, que ainda mal conhecemos, era O Infante de Portugal, vaso de guerra, que havia trazido à Bahia Francisco Pereira Coutinho, donatário daquela capitania, depois que a célebre Paraguaçu, princesa do Brasil, cedera seus direitos em favor da Coroa de Portugal. O infante acabava de receber as últimas ordens de Coutinho, e velejava no dia seguinte em demanda do Tejó.

Voltemos pois ao mancebo que, conquanto fosse noite, permanecia ainda no mesmo lugar em que o encontramos. Em seus grandes olhos negros transparecia todo desassossego dum coração agitado. Sua idade não podia exceder a vinte e um anos. Era jovem e belo; o uniforme de marinha fazia sobressair as delicadas formas do seu talhe esbelto e juvenil.

Mas as trevas eram já mais densas e o coração do moço confrangia-se e redobrava de ansiedade. Seus olhos ardentes pareciam querer divisar através dessas matas ainda quase virgens um objeto qualquer. Sem dúvida nesse lugar outrora solitário, hoje populoso e civilizado, havia alguma coisa que o mancebo amava mais que a vida, em que fazia consistir toda a sua felicidade, resumia todo o seu querer, todas as suas ambições, toda a sua ventura. Havia aí algum ente extremamente amado; alguém que atraía para si todas as faculdades, toda a alma do mancebo europeu.

— Que tens tu, meu querido Gastão? interpelou-lhe um outro jovem oficial, tocando-lhe amigavelmente no ombro. — O que te aflige? Estás triste!...

O moço interrogado estremeceu ligeiramente, como quem desperta de um profundo sono; e fitando o seu interlocutor, com pungente sorriso, disse:

— Triste... sim, Alberto, contrariado, meu caro amigo.

— Tu, meu caro? E por quê? Tornou-lhe aquele a quem este designara Alberto. — O que te aconteceu, caro Gastão?

— Sairemos amanhã!... respondeu Gastão. Nestas duas únicas palavras encerrava-se tudo quanto o homem pode sofrer de mais doloroso, amargo, e acerbo na carreira da vida; e por isso o acento com que as proferia calou n'alma de Alberto. Este contemplou-o por algum tempo com uma curiosidade travada de surpresa, e, sem poder compreender o acento de tais palavras, nem qual a causa de tão grande amargura, disse-lhe:

— É isso o que te contraria, e te aflige?...

Gastão ergueu a fronte até então abatida, e deixando cair suas vistas sobre seu amigo, murmurou:

— Alberto, para que me interrogas? Podes acaso compreender o martírio do meu coração?!

— Ah! Pensas nela?!... exclamou sorrindo-se o jovem Alberto.

— Ora, Gastão, pelo céu! Meu amigo, creio que estás louco.

Gastão abaixou novamente a cabeça, e balbuciou:

— Embora... mas... era um delírio, que poderia ter suas consequências. Alberto pensou nisso e procurou dissuadi-lo. — Gastão, — disse procurando tomar-lhe entre as suas mãos, — que loucura meu amigo, que loucura a tua apaixonares-te por uma indígena do Brasil; por uma mulher selvagem, por uma mulher sem nascimento, sem prestígio; ora, Gastão, sê mais prudente; esquece-a.

— Esquecê-la! — exclamou o moço apaixonado, — nunca!

— Tanto pior, — lhe tornou o outro, — será para ti um constante martírio.

— E por quê?

— E por quê?! Porque ela não pode ser tua mulher, visto que é muito inferior a ti; porque tu não poderás viver junto dela a menos que intentasses cortar a tua carreira na marinha, a menos que desprezando a sociedade te quisesses concentrar com ela nestas matas. Gastão, em nome da nossa amizade, esquece-a.

— Pede à terra que esqueça seu constante movimento, ao vento que cesse o seu girar contínuo, às flores que transformem seus odores em pestilentos cheiros, às aves que emudeçam as galas da madrugada, — murmurou Gastão, com melancolia.

Alberto guardou silêncio por alguns minutos, e de novo disse:

— Louco! Louco! Gastão, meu amigo, traga até as fezes do teu cálice de amargura; mas faze o sacrifício do teu amor em atenção a ti mesmo, ao teu futuro...

— O meu futuro é ela... replicou Gastão, interrompendo seu jovem amigo.

— Primeiro-tenente de marinha hoje, meu querido Gastão, breve terás uma patente superior que...

— Que me importa a mim tudo isso, Alberto? Acaso isso pode indenizar-me da dor de perdê-la? Alberto, tu não és francês, o teu clima cria almas intrépidas, corações fortes, ou rudes ardendo sempre, mas em fogo belicoso: o sangue que herdaste de teus avós gira em teu peito com ambição de glória, de renome; são nobres as tuas ambições, eu as respeito; porém as minhas são destituídas de toda a vaidade... As minhas ambições, o meu querer, meu desejo resume-se todo nela. Para que me falas das grandezas deste mundo? Alberto, eu as desprezo, se não forem para repartir com ela.

— Todos nós, — lhe disse Alberto, — temos a nossa hora de loucura; também o português, meu caro, a experimenta às vezes, não obstante como dizes, o nosso clima gera corações mais rudes; mas, Gastão, teus pais! Queres acaso afrontar a maldição paterna?

— Sim, tornou o jovem francês, ainda quando ela houvesse de cair sobre minha cabeça, eu não poderia esquecer a mulher a quem dedico todo o meu coração.

— Decididamente perdeste o juízo, meu caro amigo, disse Alberto comovido. Que pretendes, Gastão, fazer dessa mulher?

— Amá-la, meu Alberto, como nunca se amou mulher alguma.

— O amor, Gastão, é como um meteoro luminoso, é uma aurora boreal dos trópicos, sua duração é de momento.

— Não, — redarguiu-o triste, — sinto que hei de amá-la enquanto me animar um átomo de vida, sinto que seu nome será o derradeiro que hei de pronunciar à hora da morte, sinto que...

— Cala-te, Gastão, cala-te! Lhe retorquiu o jovem português; — teus desvarios me causam um pungente sofrer.

— E que me importa isso? disse friamente o moço francês, — sabes acaso a grandeza do meu sofrimento? Sabes, bem conheces e não te apiedas de mim.

— Ingrato! Exclamou comovido o jovem oficial português.
— Gastão, em nome do céu, recompõe o teu juízo, não penses mais nessa mulher. Eia, promete-me, e eu...

— É impossível, Alberto. Impossível, meu amigo. Oh! Se soubesses... Alberto, eu a tenho aqui no coração. É ela a mulher dos meus sonhos de adolescência, é a visão celeste e arrebatadora da minha infância, é o anjo que presidiu o meu nascimento. Alberto, quem a poderá resistir? Louco o que, a vendo, possa deixar de amá-la; louco o que, a conhecendo, não lhe render eterna vassalagem. Anjo na beleza e na inocência, anjo na voz, nas maneiras, é ela superior às filhas vaporosas da nossa velha Europa. Épica é seu nome. No seu rosto, Alberto, se revela toda a candura da sua alma, e toda a singeleza dos costumes inda tão virgens da inculta América. Onde está pois o meu crime em adorá-la? Seus grandes olhos negros de doçura inexprimível falam à alma com suavíssima poesia: são harpejos da lira harmoniosa, ou notas de anjos em torno do Senhor. E esse olhar seu exprime um quê de indizível pureza que obriga a adorá-la, como se adora a Deus. Alberto, de joelhos suplicarias a essa mulher angélica, se a visses, perdão de a não teres amado mesmo sem conhecê-la, desde o dia em que começou a tua existência.

Alberto suspirou com desalento: sentia-se fraco para lutar com o coração de seu amigo. Gastão compreendeu o pesar que, malgrado seu, causava ao moço português, e disse:

— Perdoa-me, meu caro amigo, perdoa-me, se te hei magoado, sofro... tanto.

Alberto não achava uma palavra para exprimir sua angústia, tomou então as mãos a seu amigo, apertou-as com efusão, e depois, apertando-o contra o seu coração, a custo exclamou:

— Meu amigo, meu irmão, fizeste bem em confiar-me tuas mágoas, eu te ajudarei no caminho espinhoso, e direi do que tens a percorrer de ora em diante. Eia, coragem, serei o teu cireneu.

Mas o moço francês não compreendeu uma só das palavras de Alberto, e julgando que este, mais compadecido, lhe aplainava a senda de seus amores, ergue para ele uns olhos, onde havia gratidão, e amizade, e disse-lhe:

— Então é verdade, Alberto, que tens um coração?

— E não adivinhavas tu nos transportes de nossa amizade?

— Obrigado! — exclamou com efusão o jovem francês. — Alberto, meu Alberto, faze-me hoje um favor, um único; prometo-te que será o último que te peço.

— Fala, mas não peças coisa que se assemelhe a uma loucura.

— Cruel! Chamas loucura ao sentimento mais santo que Deus implantou no coração do homem!...

— Fala — vejamos o que exiges de mim.

— Bem sabes, Alberto, que devo entrar hoje de quarto...

— Queres que entre eu em teu lugar?

— Sim, quero que entres em meu lugar.

— Pois não, meu caro.

Gastão envolveu o amigo entre seus braços; era a expressão sincera da sua gratidão. Guardam um momento de silêncio, só interrompido pelo murmúrio das vagas que se chocavam, e pelo sibilar do vento nas enxárcias.

— Que pretendes fazer desta noite, Gastão? — interrogou o jovem português.

— Não o adivinhaste já, meu querido Alberto? Ah! Ela espera-me; eu lhe prometi.

— Compreendo-te! Gastão, o teu delírio, meu caro amigo, te faz ingrato. És surdo a minha voz, sensível aos extremos da amizade... Vai, Gastão, vê essa mulher que te fascinou, como fascinam as cobras do seu país a míseros pássaros. Tu também és um pássaro, nascido em regiões estranhas, que alevantaste o teu voo, atravessaste os mares, e pousaste amoroso nas franças do pau d'arco americano; Gastão, não te deixes atrair da serpente venenosa: goza um momento disso, a que chamas a tua felicidade; mas desprende novamente o voo. Gastão, eu te aguardo só antes do romper da alva. Jura-me pela honra.

— Juro-o — exclamou o moço francês, com indefinível expressão.

O comandante estava em terra. Alberto acenou para Gastão de uma lancha.

Então os dois mancebos, como se naquela despedida se dissessem um adeus eterno, de novo em um fraterno amplexo uniram seus jovens corações, onde tão diversos sentimentos se cruzavam.

E a lancha, cortando vagarosamente as águas, deixava após si estreito e espumoso rasteiro. Cinco minutos depois abicou em terra.

Alberto seguiu-a com o coração: depois um profundo suspiro lhe fugiu do peito, que malgrado seu gotejava sangue.

II

E àquela bela tarde sucedeu uma noite escura e feia. A atmosfera estava baixa e carregada, as nuvens ameaçavam tempestade. O mar quebrava-se raivoso nas praias, e o vento gemia nas solidões das matas. Entanto Gastão, ébrio de prazer, acabava de transpor o pequeno lençol movediço que o separava da terra, dessa terra querida, onde ia encontrar em breve a mulher de suas doidas afeições. As nuvens arqueavam-se negras sobre os outeiros, por entre os quais insinuava-se, louco de esperanças, o jovem adorador da filha dos palmares.

Corria o moço afadigado por entre as árvores copadas da velha América; arfava-lhe o peito, as artérias latejavam-lhe, o sangue afluía-lhe para o rosto, o suor caía-lhe em bagas, da fronte para o peito. Com que rapidez, com que afã devorava ele o espaço que o separava ainda do lugar da entrevista... Tardava-lhe a hora da ventura.

Por essas sendas tortuosas, por essas brenhas quase virgens de uma habitação do homem civilizado, por esses lugares, que já não tendo aqui e ali a selvagem beleza de uma mata virgem, não tinha em parte alguma o caráter duma povoação, corria loucamente o jovem colega de Alberto, sem outro pensamento mais que o de rever sua idolatrada Épica. Se havia ainda um mundo além do lugar dos seus sonhos, Gastão havia-o inteiramente esquecido: o amor do seu coração absorvia-lhe todas as faculdades. Aos vinte e um anos o homem não tem o coração embotado; — o excesso de paixões mal sofreadas, ainda nessa idade juvenil, não o tem aviltado e enegrecido. O amor que abrasa o coração nessa idade, a mais bela talvez da nossa vida, é um amor puro como os afetos de uma criança, é o amor sincero como o beijo de um irmão querido, é um amor santo como um hino sacro entoado pelos anjos do Senhor.

O amor nessa idade é uma emanação do céu, é um concerto divino noite e dia a vibrar no coração do homem; e ao som desse dulcíssimo concerto, a mente exalta-se, e vai tocar ao infinito, bebe deleites, que purificam a alma; sonha enlevos virtuosos; goza mimos de um sentir indefinível, desses que o mundo só concede uma vez, desses que só no viver dos anjos se goza eternamente. Ah! Se o homem pudesse em toda a sua vida amar assim tão pura e santamente, com esse amor que então animava o coração do jovem Gastão, para que havia Deus, criar um outro céu, criar outras delícias para os seus escolhidos?! O céu seria o mundo, e nós, os bem-aventurados. Mas, mesquinhos, e míseros filhos de Adão, essa hora de mágicos enlevos, não a tornareis achar!... Esse oásis que vos deleitou desapareceu para sempre.

Foi um bafejo divino na hora da tormenta; foi uma gota de orvalho sobre a erva emurchecida pela calma. Agora segui o vosso deserto; árida e espinhosa será a vossa senda. Abrasar-vos-á o simum, e uma só fonte d'água fresca não encontrareis em vossa peregrinação, que vos suavize o requeimar do sangue. E depois deste afã, deste doloroso caminhar, no extremo já, vereis por desafogo e tantas dores o antro escuro e úmido de uma sepultura. Não recueis, oh! Não: aí está o esquecimento de uma existência amargurada, aí o descanso, o repouso, a felicidade.

Ao cabo de algumas horas, o jovem oficial se havia entranhado num bosque solitário e ermo. À direita, a uns cem passos de distância, avultava uma cabana, cujo teto coberto de pindoba era sombreado por palmeiras simultâneas, que lhe davam um aspecto poético e melancólico; à esquerda erguia-se um pequeno rochedo. À sua base serpeava uma ligeira corrente, deslizando suas mansas águas por sobre a areia, e pedrinhas; espreguiçando-se como uma criança no seu leito, sumia-se, murmurando no meio do bosque. Havia aí um quê de indefinível doçura, uma melancolia meiga e suave, que se assemelhava, se harmonizava, se casava com o coração de Gastão, onde havia sensações deleitáveis, como os sons longínquos duma harpa que geme na solidão. O mancebo galgou a eminência com presteza.

Dali seus olhos poderiam descobrir Alberto, ainda pensativo e desgostoso, se nessa hora ele se lembrasse de alguém que não fosse a mulher por quem esperava, e se a escuridão da noite o permitisse.

Havia um negrume espantoso, porém a natureza ainda estava calma; a tempestade que ameaçava não prometia ser breve.

Gastão contava os minutos pelas palpitações do seu coração. Era a primeira vez que ia encontrar-se com Épica face a face na escuridão da noite; era a primeira vez que ia achar-se com ela só, no cimo dum outeiro, entre o céu e a terra, longe das vistas indiscretas do homem, longe das admoestações de Alberto, tendo por conselheiro só seu coração, por testemunha, só Deus! Gastão bebia as delícias do paraíso. Esperou, e esperando cedeu à meditação.

Não haveria aí um só homem, que tenha sentido em seu coração o fogo dum primeiro amor, que não adivinhe o doce meditar desse mancebo de coração ardente e alma apaixonada. Gastão aspirava os perfumes do céu, embalava-se nas fagueiras esperanças dum amor sem limites.

Depois de tudo isso, a morte; porque o único gozo, que semelha aos dos anjos, teria então passado. Assim pensava o moço francês, e esse pensamento não podia ser um erro. Errar por muito tempo, entre o amor e a sepultura, é um tormento inqualificável, é morrer sem esperança de salvação da alma, é a tortura da Idade Média não adoçada pelo cutelo do algoz. Gastão pois pensava bem; e qualquer outro em idênticas circunstâncias pensaria como ele. Do mundo, o moço só almejava uma coisa, uma somente, do mundo, ele só queria aquela mulher, que ele aguardava com frenesi, aquela mulher, que ele amava com delírio, que idolatrava loucamente. Por ela Gastão daria toda a sua vida, todo o seu sangue, sua alma, seu sossego, toda a felicidade de um futuro, que se lhe antolhava risonho.

— Sim, exclamou ele, acordando do seu sonho mentiroso, respondendo ao seu próprio pensamento — viver ou morrer com ela. Que me importa a mim os prejuízos do mundo? Haverá acaso no mundo mulher mais digna do meu amor?!... Épica! Épica! Eu te adoro. Épica, anjo dos meus sonhos, visão encantadora, que afaga, e adoça o amargor dos meus dias... Serás acaso uma ilusão?!... Um leve murmúrio, um rumor vago, como a bulha sutil de passos cautelosos, interrompeu-o: ele julgou esse leve ruído a aproximação da mulher amada; estremeceu de amor, e correu ao encontro dessa visão angélica.

E encontrou-se face a face com um homem. Gastão recuou um passo e levou a mão à sua espada.

— Quem sois? Perguntou-lhe em português, com acento de cólera mal reprimida.

A noite era tão escura, que Gastão mal poderia reconhecer este homem, inda que fosse ele o seu melhor amigo.

— Quem sois? — repetiu o moço estrangeiro, — Pelo céu, ou pelo inferno, dizei-o.

— Quem sou? — respondeu o recém-chegado com voz grave, magoada e horripilante. — Desejais conhecer-me? Breve sabereis quem sou.

— Depressa, senhor, depressa, — lhe tornou Gastão, ou livrai-me da vossa presença.

— Conheço, mancebo, quanto vos deve ser importuna a minha presença neste lugar; mais tarde, porém, reconhecereis que não sou aqui o mais importuno.

Gastão julgou-se em face dum rival, e a sua cólera redobrou.

— E insistes em não dizer quem sois, nem a que vindes.

— Não insisto, não, senhor, quero responder pontualmente às vossas perguntas não obstante ser quem devia interrogar-vos.

— Vós!... E com que direito?

— Com o mesmo, mancebo, com que me interrogais.

— Zombais acaso de mim? disse Gastão no auge de desesperação, — ponde-vos em guarda; não quero ser um assassino.

— Esperai, senhor, esperai, — replicou o desconhecido, — com calma, escutai-me:

— Eu sou tupinambá, continuou, sou o cacique desta tribo, sou finalmente o pai de Épica. Isto espanta-vos?

— Traição! — exclamou Gastão, desembainhando a espada, que cintilou na escuridão da noite.

— Enganai-vos, senhor, ninguém vos traiu. Eu sei tudo: vossas palavras eu as tenho escutado.

— Mentis, maldito tupinambá.

— Não minto, não: dia por dia hei seguido vossos passos, e ouvido vossa conversação com minha pobre Épica. Ainda ontem lhe dizias ao pé da cabana de seu velho pai: — Amanhã, quando a lua estiver em meio giro, eu te aguardarei no cume do outeiro.

— Espião infame! — exclamou o moço desatinado, arremessando-se contra o cacique.

— Esperai, mancebo, esperai, — lhe disse o índio, — juro-vos por Tupã que hei de matar-vos ou morrer às vossas mãos, e isso antes do meio giro da lua; porque a essa hora Épica, a inocente Épica, virá louca, correndo ao vosso apelo, e só um de nós a deve receber. Se fordes vós, ao menos eu não testemunharei semelhante aviltamento.

— Calai-vos, — disse Gastão, puxando novamente pela espada.

O índio, porém, como se não reparasse naquele movimento do jovem oficial, continuou:

— Vossa entrevista será ao meio giro da lua; mancebo, vos antecipastes; ainda me resta pois uma hora, peço que me escuteis.

Havia um não sei quê de profundo, de solene, no acento dessas palavras que revelavam inabalável resolução.

A seu pesar Gastão sentiu-se comovido, e respondeu:

— Eu vos escuto.

III

— Muitas luas se hão passado, mancebo, — continuou o cacique, em voz magoada, — muitas luas já, e tantas que nem vos sei dizer. Era uma tarde, bela como foi a de hoje; mais bela talvez, porque era então a lua das flores, e eu dela me recordo como se fora hoje... Sim, era uma tarde de enlevadora beleza; nela havia sedução, e poesia, nela havia amor, e saudade. Sabeis vós o que nós outros chamamos — lua das flores? É aquela em que um sol brando, e animador, rompendo as nuvens já menos densas, vem beijar os prados, que se aveludam, enamorar a flor, que se adorna de louçanias, vivificar os campos, que se revestem de primoroso ornato, afagar o homem, que se deleita com a beleza da natureza. É a lua em que os pássaros afinam seus cantos melodiosos, é a lua em que a cecém mimosa embalsama as margens dos nossos rios, em que as campinas se esmaltam de flores odorosas, em que o coração ama, em que a vida é mais suave, em que o homem é mais reconhecido ao seu Criador...

Ele fez uma pequena pausa e continuou:

— Era pois na lua das flores, que à tarde um velho cacique e um mancebo índio, do cume deste mesmo outeiro, lançavam um olhar de saudosa despedida, sobre o navio normando, que levava destas praias uma formosa donzela. Era ela filha desse velho cacique, que com mágoa a via partir para as terras da Europa; mas a formosa Paraguaçu de há muito a havia distinguido entre as demais filhas de caciques; e sua afeição por ela era sincera, e imensa. Paraguaçu seguia para a França, onde devia receber o batismo, tomando por sua madrinha a célebre italiana, Catarina de Médici, cujo nome tomou na pia batismal, e não podendo separar-se da amiga querida, levava-a consigo, arrancando-a dessarte ao coração de seu pai, e aos sonhos deleitosos do moço índio que, magoado, via fugir-lhe a mulher de suas afeições. Épica, Sr., chamava-se essa jovem índia. Épica era o seu nome. A sua ausência não seria prolongada, o velho e o moço não o ignoravam; mas eles a amavam tanto, que foi-lhes preciso chorar. Seria um pressentimento a dor que os afligia? Foi, talvez... choraram ambos: entretanto, o velho era um bravo, e o moço já um valente guerreiro.

— Ela, entanto, só concebia a dor do velho, as saudades paternas agravavam mais a mágoa. Seu coração ainda virgem desconhecia as delícias e as torturas do amor. O índio, pois, era-lhe indiferente, se é que indiferente se pode entender um homem que estava sempre a seu lado, e que tinha em suas veias o sangue de seu pai. Este mancebo índio era filho de um irmão do velho cacique, e seu íntimo amigo. Destinado desde a infância para esposo de Paraguaçu, este mancebo nunca pôde amar, nem tampouco inspirar-lhe amor. Entretanto Paraguaçu era bela! Ele amava perdidamente sua jovem parenta: Épica era mulher de suas doidas afeições, porém esse amor puro como a luz da estrela da manhã estava todo cuidadosamente guardado no santuário do seu coração; uma palavra, um gesto, não havia maculado ainda a pureza desse sentir mágico e deleitoso. Épica era pura e inocente como a pomba que geme na floresta, seu coração conservava ainda o descuido enlevador dos dias da infância. Oh! Ela era como a açucena à margem do regato... O velho cacique atentou nas lágrimas do guerreiro jovem; e num transporte afetuoso, apertando-o contra seu coração, apontando para o extremo do horizonte, onde se perdia já o navio, disse-lhe:

— Sê sempre digno de mim, e de teu pai: quando ela voltar será tua. Oh! O juro.

O moço ajoelhou-se aos pés do irmão de seu pai, e beijou-lhe as mãos com o entusiasmo do reconhecimento...

— França! França!... — exclamou o tupinambá depois de alguns momentos de amargurado silêncio — pudera eu esmagar-te em meus braços!!!

— Passaram vinte e quatro luas, — continuou serenando-se um pouco, — o mancebo as contara por séculos. Ao fim de cada dia vinha ele ao cimo deste outeiro, e daqui perscrutava os mares nus duma vela que viesse lá das partes do ocidente e, quando caía a noite, volvia triste e desconsolado aos lares do velho cacique.

O mísero velho tinha cegado nesse curto espaço, e só da boca do mancebo esperava cada dia a nova feliz que o havia de lançar do fundo das suas trevas, no gozo da felicidade. Assim se passaram muitos dias... mais uma vez a lua veio estender seu lençol de prata sobre a superfície desta imensa baía, e confundir suas saudades às saudades do moço, que a contemplava com melancolia, e ainda assim a suspirada Épica não voltara às praias do seu país. A desesperança começava a lavrar no coração do moço guerreiro. O velho sentia maiores saudades; porém, esperava com mais paciência.

Um dia, porém, um navio alvejou ao longe; era ela; seu coração estremeceu de íntima satisfação; no coração do velho cacique o transporte não foi mais vivo. Seus olhos a viram ainda assim; ele mal podia acreditar em tanta ventura. Esse navio tão ansiosamente esperado chegara enfim, e com ele a vida, a felicidade do mancebo. Ao menos assim o acreditava ele, louco de alegria. O anjo dos seus sonhos, o encanto dos seus dias, o ídolo do seu coração, esse navio lhe acaba de restituir. O velho, tateando as trevas de sua noite eterna, correu pela mão do mancebo ao encontro da filha. Era um espetáculo bem tocante ver esse velho guerreiro chorar e rir de prazer, com a ideia de tornar a abraçar aquela filha mimosa, que tocando-a, jamais a tornaria a ver. Épica, a jovem índia, trajava ricos vestidos à europeia. Apertava-lhe a cintura delgada e flexível, como a palmeira do deserto, um cinto negro de veludo, e as amplas dobras do seu vestido branco envolviam-lhe o corpo mimoso, delgado, como a haste da açucena à beira-rio. As tranças negras do azeviche, que lhe molduravam as faces aveludadas, eram aqui e ali entremeadas de flores artificiais. Era todo artifício aquele trajar até então desconhecido do moço índio; ele sentiu repugnância em ver aquela, que era tão simples no meio da solidão, ornar-se agora de trajes, que faziam desmerecer sua beleza e seus encantos...

— Paraguaçu, de volta a sua pátria, — continuou o cacique após breve pausa, — parecia sentir na alma os efeitos desse inexprimível sentimento de suprema felicidade, que deleita e enlouquece o infeliz proscrito, no dia em que, inda que com as vestes despedaçadas, e a fronte cuspida pelas vagas, uma delas, mais benéfica, o arremessa à praia, onde seus olhos viram a primeira vez a luz. Trazia nos lábios um sorriso, que levava facilmente a compreender o prazer que lhe enchia o coração. Pela mão dessa bela princesa, seguia, débil e abatida, melancólica e desconsolada, a jovem donzela brasiliense. Semelhava ela o lírio, crestado pela ardentia da calma; a borboleta, que a luz da vela emurcheceu as asas.

Contraste doloroso havia entre a fronte pálida e abatida da moça índia, e a fronte altiva e risonha da jovem esposa de Caramuru.

— Perdoai-me, — continuou o cacique, — se insisto nestas particularidades; o que me resta a contar provar-vos-á que elas não são aqui inúteis.

Um vago, mas doído pensamento, magoou o coração do moço guerreiro, à hora em que essa mulher, que há muito ele criara seu ídolo, lhe aparecia assim melancólica, e triste como a estátua do sofrimento. Que terá ela? Interrogava ele a si mesmo. Terá saudades desse país longínquo, que apenas viu, onde não pode contar um amigo, onde tudo lhe é estranho, linguagem, costumes, rostos e religião?!...

Enquanto ele assim discorria, a moça aproximou-se de seu pai, e sorrindo-se por entre lágrimas, estreitou-o com ternura filial contra o coração. Foi um prolongado abraço: um profundo suspiro lhe rasgou o peito; e uma só palavra ela não proferiu. E tornava a apertar o velho; e as lágrimas lhe corriam pelas faces; e a moça parecia não se poder separar do pai, que chorava de alegria, sentindo-se abraçar por sua filha querida.

Com indizível ansiedade aguardava o mancebo por uma só palavra da sua querida Épica; mas embalde. Ela parecia toda abstrata, não na contemplação de seu pai, mas numa ideia oculta, que dir-se-ia lhe amargurava a alma. Mas ele, vencendo o pensamento doloroso, que lhe atravessara a mente, aproximando-se dela, em voz de súplica, disse-lhe:

— Épica! Épica, nem uma palavra para o vosso irmão?... — Errou-lhe então nos lábios um mimoso sorriso, duas lágrimas ressaltaram-lhe dos olhos, e rolaram sobre as faces, e ela estendeu-lhe a mão amiga, que o moço beijou com reconhecimento. Essa mão, esse beijo, desfizeram o ponto negro, que assomara de improviso na alma do guerreiro brasiliense, como desfaz o vento a nuvem carregada à hora do meio-dia. Só o extremo do seu amor lhe representara Épica triste, pálida, e desconcertada. Épica era a mesma virgem das florestas, com a diferença única de uma inteligência cultivada pelo trato europeu. Esses trajes, que tanto haviam afligido ao mancebo, davam agora maior realce à beleza daquela que lhe sorria. Sua voz era mais melodiosa, mais doce, pareceu-lhe, ouvindo-a, melhor que a do sabiá, melhor que as notas da perdiz mimosa, que a própria pecuapá gemendo à noite. Ele acreditou que Tupã lhe havia arrebatado um instante para lhe restituir mais sedutora, mais bela, que os próprios anjos que lhe entoam hinos. O índio escutava com enlevo; e cada uma de suas palavras causava-lhe suavíssima impressão. Como Paraguaçu, Épica havia recebido o batismo. Conquanto a jovem princesa do Brasil não poupasse esforços em chamar os homens do seu país ao grêmio da igreja; conquanto sua voz fosse persuasiva, suas palavras insinuantes; todavia foi a voz de Épica que rendeu o moço índio. Ele abraçou o cristianismo, quando soube que Épica era cristã. Oh! Mancebo, — murmurou o tupinambá, — quanto pode o amor, quando ele é santo como o que há no céu!...

Raiou enfim o dia, em que a donzela brasiliense devia pertencer pelo matrimônio ao homem, que a idolatrava; e ele a levou pela mão aos pés do altar; e um sacerdote cristão abençoou os noivos que estavam ajoelhados, à face de grande multidão. À hora, porém, em que Épica pronunciava os votos, a voz alterou-se-lhe; sua mão resfriada estremeceu convulsa na mão do esposo. Ele olhou-a surpreso. Épica era pálida como um cadáver. À última palavra do sacerdote, a moça caiu desalentada.

O tupinambá levantou-se, deu alguns passos rápidos, e incertos. Fulguraram-lhe os olhos na escuridão da noite, e um tremor convulso lhe agitou os beiços. Depois foi pouco a pouco serenando, e reatou o fio de sua narração.

IV

— Era alta noite, — prosseguiu ele, com uma voz cavernosa, — o vento ciciava entre os palmares, e a lua, prateando a superfície das águas, passava melancólica por cima destas árvores anosas. A sururina desprendia o seu canto harmonioso; na mata, ondulava um vento gemedor, e o mar quebrava-se nas solidões da praia. Sobre o cume deste mesmo rochedo, mancebo, a essa hora da noite, silenciosa e erma, um jovem índio e uma donzela americana, que o céu, ou o inferno, havia unido em matrimônio, naquele mesmo dia, em confidência dolorosa, tragava até as fezes o amargor da desonra e da ignomínia. De joelho, a mulher fazia a mais custosa e triste confissão, que jamais caiu dos lábios de uma mulher.

— Gupeva! Meu Gupeva — exclamava ela. — Assim se chamava, senhor, o jovem esposo. — Meu irmão, meu amigo, poderás perdoar-me?

— Fala! — disse-lhe Gupeva, tremendo de furor.

— Vou merecer o teu desprezo, o teu abandono; mas ao menos peço que meu pobre pai ignore tudo. Gupeva, confiei em ti; talvez minha confiança te ofenda; mas tu conheces a meu pai... ele não poderia sobreviver à minha...

— Cala-te! Cala-te, mulher, — exclamou com desespero assustador o desgraçado esposo.

— Não, — continuou ela sem se perturbar. Tens sobre mim direito de vida ou morte; mata-me Gupeva, mas ouve-me primeiro.

— Épica! Épica, oh! Se isto fora um sonho!

— Amei, — continuou ela, — amei com esse amor ardente e apaixonado que só o nosso clima sabe inspirar, com essa dedicação de que só é capaz a mulher americana, com essa ternura, que o homem nunca soube compreender. E sabes tu que homem era esse?

— Basta!

— Oh! É preciso que me escutes até o fim, depois mata-me.

Esquecida, prosseguiu Épica, de que o homem de suas afeições chamava-se o conde de..., — Gupeva, eu cometi uma falta, que mais tarde devia cobrir de opróbrio o homem que me recebesse por esposa. O amor não prendeu o coração do conde, ele esqueceu os extremos de meus afetos, e desposou uma donzela nobre de sua nação, sem sequer comover-se das minhas lágrimas.

— Ah! bem tarde conheci eu a grandeza do meu sacrifício; bem tarde reconheci a perfídia, e a indignidade no coração daquele que era até então o meu ídolo. A pequenez da minha origem apagou-lhe o amor no coração... O conde de..., Gupeva, era já esposo, e eu... eu trazia em meu seio um filho, que há de envergonhar-se do seu nascimento!...

Ao nome do conde de..., proferido pelo tupinambá, um calafrio mortal percorreu os membros do jovem Gastão, que, submergido em longas cogitações, ouvia a narração do índio: no fundo do coração despontava-lhe um tormento inqualificável.

O índio prosseguiu: — Ela estorcia-se convulsa no leito de relva a meus pés; porque, senhor, esse esposo desventurado que, na primeira noite do seu casamento, ouvia semelhante confissão, esse homem que acabara de receber a mulher impura, e maculada pelo filho da Europa, esse homem enfim que devorado por um amor louco, e apaixonado, estampada em sua fronte o ferrete da ignomínia, o cunho do opróbrio, era eu.

— Vós! — exclamou Gastão, com um sentimento indizível.

— Sim, eu!... Eu mesmo, — respondeu o cacique, com voz de trovão.

E prosseguiu: — O que se passou porém nessa noite de tão amargurada recordação, só Deus e eu sabemos. O sedutor de Épica, mancebo, era um francês, um francês é um cristão; bem, desde essa hora eu deixei de o ser. Tupã não abandona seus filhos... mancebo, eu não amo o Deus dos Cristãos. O conde de... era filho da Igreja.

Gastão tentou interrompê-lo; mas ele continuou:

— A vergonha, a dor, bem depressa levaram ao sepulcro a desgraçada Épica. Não segui de perto essa mulher por quem houvera dado todo o meu sangue, se disso dependesse a sua ventura, porque restavam-me penosas missões a cumprir. Penosas, mancebo, e bem árduas: vivi para cumpri-las; ouvis?

— Restava-me o dever de velar por essa menina, que tem em suas veias o sangue francês, velar pela filha do conde de..., velar finalmente por Épica, essa jovem donzela a quem pretendeis seduzir.

— Oh! — Exclamou Gastão, pálido como o sudário dum morto. — Meu Deus! Meu Deus, onde estou eu!...

— Inda uma outra missão me reteve a vida, continuou Gupeva, — a vingança...

No momento em que no seio da sepultura se escondia para sempre os restos daquela a quem eu tanto amei, de joelhos, senhor, de joelhos jurei que havia de vingá-la. Anhangá escutava os protestos da minha alma. Um guerreiro amanhã desposará a minha Épica, e hoje, daqui a um minuto, eu terei vingado a mulher que lhe deu a vida. Agora, mancebo, estás em meu poder; eu podia prender-te; aqui está a suçurrama, podia apresentar-te a minha tribo, e fazer-te morrer como meu prisioneiro, mas não quero; duas razões que me obrigam a proceder ao contrário. Para dar-te essa morte honrosa era preciso dar a causa dela; minha desonra se tornaria manifesta; e por outra: tu, covarde europeu, hás de empalidecer em face da morte: quero poupar-me a vergonha de uma confissão, quero poupar a meus irmãos o espetáculo de um covarde. Prepara-te para morrer; ou mata-me...

O que então se passava na alma do infeliz mancebo, a quem eram dirigidas tais palavras, não pôde a pena descrever. O mais doloroso golpe acabava de traspassar-lhe o coração; golpe o mais profundo, mais dilacerante, que jamais feriu o coração de um homem. Gastão não amaldiçoou a hora do seu nascimento; mas pediu a Deus a morte, o esquecimento. Todas as suas ilusões estavam dissipadas; desfeitos todos os seus sonhos. Já não era Gupeva que se interpunha entre ele e o seu amor, era Deus, era a natureza, era a sua própria consciência. Depois do amor, a morte... ele havia dito... Seria acaso um erro?

— Da minha vingança serás tu a primeira vítima, continuou o cacique: mais tarde o conde de...

— Eis-me, — disse Gastão, interrompendo. — Gupeva, eu sou filho do conde de... não me reconheceste então? Oh! Eu sou francês, sou o filho do sedutor da vossa esposa, sou irmão de Épica...

— Infame! — rugiu o velho tupinambá. — Infame filho do conde de..., não terei compaixão de ti. E brandindo o seu tacape, o cravou com fúria no peito do jovem oficial. E batia com os pés na terra; e fazia com gritos um alarido infernal.

Gastão, levando a mão à ferida, obrigou-o por um instante a calar-se, e disse-lhe:

— Obrigado, Gupeva, eu queria a morte.

— Covarde! — exclamou o índio.

— Não me insultes na hora do passamento, — tornou-lhe o moço empalidecendo. — Cacique, eu podia matar-te; mas para que quereria eu a vida depois do que me acabaste de narrar?...

Nessa hora, a lua rompendo o negrume das nuvens aclarou com sua face pálida o cimo do outeiro. Era o meio giro da lua: a hora da entrevista tinha soado.

E uma visão angélica, uma mulher vaporosa, apareceu no cume do outeiro, como um anjo mandado pelo Senhor para receber a alma do mancebo cristão, que ia partir. Era Épica.

Ela soltou um grito de angústia à vista da cena, que mercê da lua, se apresentou a seus olhos. Esse grito, essa voz tão conhecida, tão amada, atraindo a atenção do moribundo, fez calar o guerreiro índio, que apupava a sua vítima.

Ela avançou alguns passos, e olhando fixamente para seu pai, disse-lhe:

— Gupeva, por que o mataste? Cruel! Sabes acaso que este é o homem a quem adoro?

Gupeva, esse feroz Gupeva, esse bárbaro que se ufanava da sua vingança até na presença da morte, à voz da moça, cruzou os braços sobre o peito, e com um olhar que queria dizer: Perdão, exclamou com aflição:

— Épica!...

Ela pareceu não ouvir essa única palavra, que em si resumia quanta ternura há no coração dum homem, seus grandes olhos negros como o azeviche fitavam-se desvairados no mancebo agonizante. Ondulavam à mercê do vento suas madeixas acetinadas: e seu corpo, flexível e mimoso como o leque da palmeira, cedendo a um vertiginoso ondular, caiu inerte sobre o jovem Gastão.

Ele olhou-a com assombro, e disse-lhe:

— É um crime.

— Monstro! — tornou ela para Gupeva, que, com os olhos fitos no chão, não se atrevia a encarar a donzela. — Monstro! Foi para me rasgares o coração que me criaste em teus braços!...

E voltando-se para o jovem francês, disse-lhe:

— Gastão, meu querido Gastão, vive para a tua Épica.

Nesses olhos em que já se estampava a morte, um átomo de vida reapareceu.

— Épica, — disse ele, — o nosso amor era um crime... Épica, eu sou teu irmão!...

V

Ao alvorecer do dia rebentou a tempestade há tanto ameaçada. O mar rugia com assustadora fúria, o vento raivoso sibilava por entre as enxárcias do infante de Portugal que, não obstante as ordens recebidas, não podia levantar âncora sem grande perigo de despedaçar-se todo de encontro a algum arrecife. Abrigado no ancoradouro ainda, o comandante temia o furor da tempestade. O navio arfava inquieto: joguete das ondas, ele estalava como se houvera de desjuntar-se todo. Um sopro mais violento da tempestade e o pobre lenho seria aniquilado. A chuva desprendia-se em torrentes; o raio sibilava ameaçador; o mar era um lençol negro, e de sinistro aspecto. O mais corajoso tremia; só Alberto parecia insensível à voz do temporal. Sua fronte ardente, seus olhos requeimados pela vigília da noite, seu coração opresso pelo pressentimento de terrível sucesso, inquieto pelo temor de alguma desgraça irremediável, abatido, angustiado pela não aparição de seu louco e infeliz amigo, parecia não compreender a grandeza do perigo que os ameaçava. O mar cuspia-lhe, irritando as faces, o vento insinuava-se, rumorejando, por entre as madeixas de seus negros cabelos, e ele não atendia, nem aos insultos do mar, nem ao raivoso perpassar do vento.

Alberto pensava em Gastão. Tinha visto amanhecer sem que Gastão voltasse ao navio: era preciso que já não existisse para assim deixar de cumprir sua promessa!

Alberto comunicou ao comandante seus receios, e o desassossego da sua alma: toda a oficialidade, e toda a marinhagem sentiram interesse pelo jovem francês.

Ao meio-dia a tempestade serenou: o mar tornou-se calmo e pacífico, o vento conteve-se nos seus limites. Agora o azul das nuvens refletia-se nas águas da imensa baía, e as vagas se moviam mansamente, aniladas e risonhas, como um ligeiro sorriso. Então o comandante deu suas ordens; um escaler bem tripulado recebeu o oficial português, que um momento depois pesquisava ansioso vestígios do seu infeliz colega. Incansável, devassava o moço todos os subúrbios da pequena habitação, incansável, percorria ele todas as sendas, todas as devesas, todos os recônditos lugares daquele vasto terreno; era embalde. Extenuaram de cansaço, ele e um velho marinheiro, que o seguia; enquanto outros investigavam outros lugares. Alberto chegou ao alto do outeiro, onde na noite antecedente deu-se a cena que acabamos de narrar.

Oh! Que doloroso espetáculo!

Sentado no tronco de uma árvore estava um velho tupinambá; brandia em suas mãos um tacape ensanguentado: a seus pés estavam dois cadáveres!... Reclinadas as faces ambas para a terra, Alberto não pôde reconhecer seu amigo, senão pelo uniforme de Marinha, que o sangue tingira, e que as águas, que se desprenderam à noite, haviam ensopado e enxovalhado. O outro cadáver era o de uma mulher... Bela devia ser ela; porque seus cabelos longos, e ondeados, fáceis aos beijos da viração da tarde, esparsos assim sobre o seu corpo, davam-lhe o aspecto de uma Madalena.

Alberto exclamou: — Que horror! e cobriu o rosto com as mãos; caiu por terra.

Depois erguendo-se com ímpeto raivoso e aproximando-se do índio, que imóvel parecia aguardá-lo, disse-lhe, apontando para o seu infeliz amigo:

— Bárbaro!... Por que o assassinaste?

Gupeva, pois era ele, soltou uma gargalhada, estridente e descomposta, que lhe tornou o aspecto sinistro e medonho, e disse:

— Ah! Minha filha... não a vedes? — E de novo pôs-se a brincar com o tacape.

— Louco! — murmurou Alberto, — a minha vingança seria um crime.

Os seus companheiros de pesquisa foram-se pouco a pouco reunindo, ele voltou pálido, e com a mágoa no coração para junto do cadáver do desditoso Gastão.

Ninguém curou mais do louco.

Quando iam porém deitar os cadáveres nas sepulturas, e viram o rosto da mulher adormecida ao lado do jovem oficial, voltaram para cima, todos os circunstantes agruparam-se, e curiosos procuravam ver tanta formosura. Alberto, surpreso, exclamou:

— Que extraordinária semelhança!

— Eles não podiam deixar de ser irmãos, — exclamaram unanimemente os companheiros de Alberto.

Ah! Era Épica, era a virgem das florestas, era o anjo dos sonhos mentirosos de Gastão; era ela quem acabava de conduzi-lo a Deus, e que ia descer com ele à sepultura. Formosa ainda na palidez de morte, Épica levou Alberto a perdoar os extremos de seu infeliz amigo.

Alberto ajoelhou-se à orla da sepultura, e orou; todos imitaram, e aquelas regiões selvagens guardaram respeitoso silêncio enquanto durou o ato religioso, enquanto a oração subiu da terra ao trono do Senhor.

E quando eles deixaram no sepulcro aqueles que tão extremamente se adoravam, e quando lembraram-se novamente do velho tupinambá, e o olharam, ele tinha a face em terra, e o tacape lhe havia escapado das mãos. Então um velho marinheiro, tocando-o com a ponta do pé, e voltando-lhe o corpo para o lado, disse:

— Está morto!

VERSOS

Uma lágrima

Sobre o sepulcro de minha carinhosa mãe.

E eu vivo ainda!? Nem sei como vivo!...
Gasto de dor o coração me anseia:
Sonho venturas de um melhor porvir,
Onde da morte só pavor campeia.

Lá meus anseios sob a lousa humilde
Dormem seu sono de silêncio eterno!
Mudos à dor, que me consome, e gasta.
Frios ao extremo de meu peito terno.

Ah! Despertá-los, quem pudera? Quem?
Ah! campa... ah, campa! Que horror, meu Deus!
Por que tão breve — minha mãe querida,
— Roubaste, oh morte, destes braços meus?!!...

Oh! não sabias que ela era a harpa
Em cujas cordas eu cantava amores,
Que era ela a imagem do meu Deus na Terra,
Vaso de incenso trescalando odores?!

Que era ela a vida, os horizontes lindos,
Farol noturno a me guiar p'ra os céus;
Bálsamo santo a serenar-me as dores,
Graça melíflua, que vem de Deus!

Que ela era a essência que se erguia branda
Fina, e mimosa de uma relva em flor!
Que era o alaúde do bom rei — profeta,
Cantando salmos de saudade, e dor!

Que era ela o encanto de meus tristes dias,
Era o conforto na aflição, na dor!
Que era ela a amiga, que velou-me a infância,
Que foi a guia desta vida em flor!

Que era o afeto, que eduquei cuidosa
Dentro do peito... que era a flor
Grata, mimosa a derramar perfumes,
Nos meus jardins de poesia, e amor!

Que era ela a harpa de doçura santa
Em que eu cantava divinal canção...
Era-me a ideia de Jeová na Terra,
Era-me a vida que eu amava então!

Oh! minha mãe que idolatrei na Terra,
Que amei na vida como se ama a Deus!
Hoje, entre os vivos te procuro — embalde!
Que a campa pesa sobre os restos teus!...

Como se apura moribunda chama
À hora extrema da existência sua:
Assim minha alma se apurou de afetos,
Gemeu de angústias pela angústia tua.

E não puderam minha dor, meu pranto,
Pranto sentido que jamais chorei,
Oh! não puderam te sustar a vida,
Que entre delírios para ti sonhei!...

E como a flor pelo rufão colhida
Vergada a haste, a se esfolhar no chão,
Eu vi fugir-lhe o derradeiro alento!
Oh! sim, eu vi... e não morri então!

Entanto amava-a, como se ama a vida,
E a minha eu dera para remir a sua...
Oh! Deus — por que o sacrifício oferto,
Não aceitou a onipotência Tua!?!...

Vacila a mente nessa acerba hora
Entre a fé, e a descrença...oh! sim meu Deus!
Estua o peito, verga aflita a alma:
Tu me compreendes, Tu nos vês dos céus.

Vacila, treme... mas na própria mágoa
Tu nos envias o chorar, Senhor;
Bendito sejas! que esse pranto acerbo,
É doce orvalho, que nos unge a dor.

Lá onde os anjos circundam, dá-lhe
Vida perene de imortal candura:
Por cada gota de meu triste pranto,
Dá-lhe de gozos divinal ventura.

E à triste filha, que saudosa geme,
Manda mais dores, mais pesada cruz;
Depois, reúne à sua mãe querida,
No seio imenso de infinita luz.

Minha terra

> *Oferecida ao distinto literato o*
> *Sr. Francisco Sotero dos Reis.*
>
> Minha alma não está comigo. Não anda entre os nevoeiros dos Órgãos, envolta em neblina, balouçada em castelos de nuvens, nem rouquejando na voz do Trovão. Lá está ela.
>
> G. DIAS

Maranhão! Açucena entre verdores,
Gentil filha do mar — meiga donzela,
Que a nobre fronte, desprendida a coma,
Dos seios do Oceano levantaste!
Quanto és nobre, e formosa — sustentando
Nas mãos potentes — como cetro de Ouro,
O Bacanga caudal, — o Anil ameno!
O curso de ambos tu, Senhora — domas,
E seus furores a teus pés se quebram.
Oh! como é belo contemplar-te posta
Mole sultana num divã de prata,
Cobrando amor, adoração, respeito;
Dando de par ao estrangeiro — o beijo,
E a fronte ornando de lauréis viçosos!
Pátria minha natal, — ninho de amores...
Ai! miséria de mim... quisera dar-te
Na lira minha mavioso canto,
Canto exaltado que elevar-te fora

'Té onde levas a nobreza tua!
Porém o estro deserdado, e pobre,
Sonha, e não pode obrar o seu intento.

Campeia indolente no leito gentil,
Cercada das vagas amenas, danosas;
Das vagas macias, quebradas, cheirosas
Do salso Bacanga, do fértil Anil.

Formosa rainha, c'roada de louros,
Altiva levanta tua fronte gentil;
Que Deus concedeu-te de graças — tesouros,
Criando-te o mínimo do vasto Brasil.

Exalta teus filhos fervente entusiasmo
E quebram num dia sangrento grilhão!
Contempla a Europa tal feito — com pasmo...
E bradas: sou livre!... com grata efusão.

Maranhão! Açucena entre verdores,
Campeando gentil, bela, e donosa;
Como em haste mimosa altiva rosa,
Como lírio do val cobrando amores.

És ninfa sobre as águas balouçada,
Descuidosa brincando em salsa praia;
No pego mergulhada a nívea saia,
A nobre fronte de festões ornada.

Princesa do Oceano! a fronte alçaste
Por tantos séculos abatida, e triste...
Um eco aqui repercutir-se — ouviste,
E as vis algemas sob os pés quebraste!

Quebraste os ferros — que o Brasil não sofre,

Sequer um dia ser escravo, — não.
És livre, és grande! Tão sublime ação
Quem fez jamais — e tanto assim de chofre?!...

O grito lá da serra do Ipiranga,
O grito todo amor, fraternidade,
Ecoou no teu seio! a liberdade,
Pairou sobre o Anil, sobre o Bacanga!

Eis-te bela, coroada, e sedutora,
Pomposa, e descuidada, sobranceira;
Em teu divã gentil, gentil, sultana,
Filha das vagas, e do mar senhora,

A unânime grito se erguia a cativa
Que jaz a dormir;
E ao som prolongado que os ecos repetem
Desperta a sorrir:

Os braços distende — que agora é rainha:
Quebrou-se o grilhão!
Com a fronte cingida de louros tão gratos
Se erguem Maranhão!

O pego, as florestas, os campos que regem
Os vastos sertões,
Entoam seu hino de amor, liberdade!
Ao som dos canhões

E prados, e bosques, e sendas bordadas
De verdes tapizes,
E ribas salgadas, e gratos mangueiros,
Se julgam felizes...

E as auras despertam, tecendo mimosos
Festejos a mil!
E o grato Bacanga parece em amplexo
Ligar-se ao Anil.

5   Campeia indolente no leito gentil
Domina as florestas os gratos vergéis;
Renova na fronte singelos lauréis,
Esmalta o império do vasto Brasil.

A lua brasileira

Oferecida ao Ilmo. Sr. Dr. Adriano Manoel Soares.
Tributo de amizade e gratidão.

É tão meiga, tão fagueira,
Minha lua brasileira!
É tão doce, e feiticeira,
Quando airosa vai nos céus;
Quando sobre almos palmares,
Ou sobre a face dos mares,
Fixa nívea seus olhares,
Que deslumbram os olhos meus...

Quando traça na campina
Larga fila diamantina,
Quando sobre a flor marina
Derrama seu lindo albor;
Quando esparge brandamente
Por sobre a relva virente
Seu fulgor alvinitente
Seu melindroso esplendor...

Quando sobre a fina areia,
Que a vaga beijar anseia,
Molemente ela passeia,
Desdobrando alvo lençol;
Quando ao fim da tarde amena,
Ressurge pura e serena,
Disputando nessa cena
Primores co'o rubro sol...

Que eu sinto meu pobre peito
Comovido, ao fim desfeito
Por tanto encanto sujeito,
Por tantos gozos — meu Deus,
E eu vejo os anjinhos teus,
Noutras nuvens, noutros céus
Novos mundos construir.
Podem outros seus encantos
Ver também — gozar seus prantos;
Pode cantá-la em seus cantos
Qualquer jovem trovador;
Vendo-a bela sobre os montes,
Ou retratada nas fontes,
Surgindo nos horizontes
C'roada de níveo albor.
Mimosa, pura; — mas bela
Assim branca, assim singela,
Como pálida donzela,
Que geme na solidão;
Assim leda, acetinada,
Como flor na madrugada,
Pelo rocio beijada,
Beijada com devoção;

Assim em sua frescura,
Com tão maga formosura,
Percorrendo essa planura,
De nossos formosos céus;
Assim não. Assim somente
Mimosa, pura, indolente
A vemos nós… fado ingente
Foi este que nos deu Deus.

Quem não ama vê-la assim
Com a candidez do jasmim,
Espargindo amor sem fim,
Nas terras de Santa Cruz!
Quem não ama entusiasmado
Da noite o astro nevado,
Que com o rosto prateado
Tão meigamente seduz!...

Quem não sente uma saudade,
Vendo a lua em fresca tarde,
Branca — em plena soledade
Vagar nos campos dos céus!...
Quem não tece com fervor,
No peito em que mora a dor,
Um hino sacro de amor,
Um terno hino a seu Deus!...

Eu por mim amo-te, oh! bela,
Que semelhas à donzela,
Com roupas de fina tela,
Com traços de lindo albor;
Que vai pura aos pés do altar,
Por doce extremo de amar,
Ao terno amante jurar,
Lealdade, fé — e amor.

Amo ver-te assim fagueira
Minha lua brasileira,
Qual menina feiticeira,
Que promete, e foge e ri,
E depois, sempre folgando
Vem com beijinhos pagando
Aquele, que a afagando
De novo a chamara a si.

Assim tens meus tristes cantos,
Soltos ao som dos meus prantos,
Que me inspiram teus encantos,
Da noite na solidão;
A meiga lua querida,
Melancólica, e sentida,
Com tua face enternecida,
Minha constante aflição.

Uma tarde em Cumã

Aqui minh'alma expande-se, e de amor
Eu sinto transportado o peito meu;
Aqui murmura o vento apaixonado,
Ali sobre uma rocha o mar gemeu.

E sobre a branca areia — mansamente
A onda enfraquecida exausta morre.
Além, na linha azul dos horizontes,
Ligeirinho baixel nas águas corre.

Quanta doce poesia, que me inspira
O mago encanto destas praias nuas
Esta brisa, que afaga os meus cabelos,
Semelha o acento dessas fases tuas.

Aqui se ameigam de meu peito as dores
Menos ardente me goteja o pranto;
Aqui, na lira maviosa e doce
Minha alma trina melodioso canto.

A mente vaga em solidões longínquas,
Pulsa meu peito, e de paixão se exalta;
Delírio vago, sedutor quebranto,
Qual belo íris, meu desejo esmalta.

Vem comigo gozar destas delícias,
Deste amor, que me inspira poesia;
Vem provar-me a ternura de tua alma,
Ao som desta poética harmonia.

Sentirás ao ruído destas águas,
Ao doce suspirar da viração,
Quanto é grato o amor aqui jurado,
Nas ribas deste mar, — na solidão.

Vem comigo gozar um só momento,
Tanta beleza a me inspirar poesia!
Ah! vem provar-me teu singelo amor
Ao som das vagas, no cair do dia.

Súplica

Dá, Senhor, que breve passe
Sobre a terra — o meu viver;
Bem vês, a flor desfalece
Da tarde no esmorecer;
Entretanto a flor é bela,
É bela de enlouquecer.

Mas eu triste, — eu que na vida
Só hei provado amargura,
Que o sonho de um doce gozo
Não permite a desventura,
P'ra que amar a existência
Árdua, mesquinha e tão dura?!...

P'ra que viver, se esta vida
É martírio eterno, e lento?
E frágoa a existência,
É século cada momento:
P'ra que a vida, Senhor,
Se a vida vale um tormento!!!...

Dá, Senhor meu Deus, que breve
Se me antolhe a sepultura:
Que vale a vida seus gozos,
Que vale sonhar ventura,
E trago, a trago esgotar,
Fundo cálice de amargura!

Que importa a mim, se no bosque,
Canta a mimosa perdiz?
Seu canto tão repassado
De amores, — o que é que diz?
Assim da brisa o segredo,
Da flor o grato matiz!...

A onda, que molemente
Na erma praia passeia,
Sente deleite beijando
A branca, mimosa areia,
A onda goza... e eu triste!
Nada me apraz, me recreia.

O vate pulsando a lira,
Embora banhada em pranto,
Sente ungir-lhe o peito aflito
Bálsamo, puro, e bem santo,
Se ele inspirado desfere
Seu dulio, mimoso canto.

Mas, eu não — não tenho amores,
Não me anima uma ilusão;
Meu sonhar é vago anseio,
Que mais me dobra a aflição;
Sinto gelado meu peito,
Sinto morto o coração.

Morto... morto, nem palpita,
Que funda dor o matou!
Que foram desses anelos,
Dos sonhos que o embalou?
Tudo... tudo jaz desfeito...
Tudo, meu Deus... acabou!

Dá, Senhor, que breve passe
Sobre a terra o meu viver!
É sacrifício perene
Tão agros dias sofrer!
Dá que breve sob a lousa
Meu corpo vá se esconder.

Dirceu

À memória do infeliz poeta Tomás Antônio Gonzaga.

> Há de certo alguma harmonia oculta na desgraça, pois todos os infelizes são inclinados ao canto.
> C. ROBERTO

Onde, poeta, te conduz a sorte?
Vagas saudoso, no tristonho error!
Longe da pátria... no exílio... a morte
Melhor te fora, mísero cantor.

Bardo sem dita!... patriota ousado
Quem sobre ti a maldição lançou!?
Cantor mimoso, quem manchou teu fado?
E a voo d'águia te empeceu, — cortou?

Quem de tua lira despedaça as cordas,
As áureas cordas de infinito amor?!
Essas mesquinhas, virulentas hordas.
A voz d'um homem, que se crê senhor!...

E tu, que cismas libertar — em anseio
O pátrio solo — que a aflição feria
Que à lísia curva o palpitante seio.
E a fronte nobre para o chão pendia.

Da pátria longe, teu suposto crime
Vás triste, aflito a espiar — Dirceu!
Quem geme as dores, que teu peito oprime?
E as tristes queixas? — só as ouve o céu.

Mártir da pátria! Liberdade, amor
Foram os afetos que prendeu teu peito...
Gemes, soluças, infeliz cantor.
Vendo teus sonhos — teu cismar desfeito.

Ela! a estrela, que teus passos guia!
Ela — os afetos de tu'alma ardente!
Ela — tua lira de gentil poesia!
Ela — os transportes de um amor veemente!

Marília!... A pátria — teu amor, tua glória,
Tudo, poeta, te arrancaram assim!
Dirceu! Teu nome na brasília história,
É grata estrela de fulgor sem fim.

Qual teu crime, oh! trovador?
É crime acaso o amor,
Que a sua pátria o filho dá?
Foi já crime em alguma idade,
Amar a sã liberdade!
Dirceu! Teu crime onde está?

É crime ser o primeiro
Patriota brasileiro,
Que a fronte levanta e diz:
— Rebombe embora o canhão,
Quebre-se a vil servidão,
Seja livre o meu país!

Nossos pais foram uns bravos;
Nós não seremos escravos,
Vis escravos nesta idade:
Rompa-se o jugo opressor:
Eia! avante, e sem temor
Plantemos a liberdade!

Ah, Dirceu, tu te perdeste!
Mártir da pátria — gemeste
De saudade, e imensa dor!
Choraste a pátria vencida:
Tanta esperança perdida...
Perdido teu terno amor!...

E vás no exílio suspiroso, e triste
Gemer teu fado no longínquo ermo;
Até a morte do infeliz — amiga,
Aos teus tormentos te ofereça um termo!

Brumas as noites na africana plaga
Mais te envenena da saudade a dor...
Secam teus prantos o palor da morte,
A morte gela no teu peito o amor...

O meu segredo

Aqui no exílio — revolvendo a mente
Breve passado, — momentâneo gosto,
Qual fugaz meteoro;
Ao riso estulto da profana gente,
Pálido volvo p'ra não vê-la o rosto,   5
E magoado choro.

E as turbas passam: — nem sequer p'ra mim
Seus olhos lançam — nem as vejo eu
O que há de comum
Entre mim e os homens? Eles riem,   10
Eu choro — seu viver não é o meu,
Não os amo a nenhum.
Já gasta d'um querer que me devora,
Vou — ave soidão, buscando um ermo,
Asilo ao meu sofrer...   15
Onde do sol os raios nessa hora
Não penetrem — do trilho lá no termo
Vou sonhar — e gemer.

Aí, curvada a fronte sobre a mão
Brotam mil pensamentos à porfia,   20
Mil lembranças, oh céu!
Vem nas lúbricas asas da aflição,
Como dores nas horas d'agonia,
No peito d'um ateu!

Em tropel se me antolham — afoutos vêm
Desejo, amor, descrença, ou ilusão,
Esperança ou receio:
Sinto o cérebro arder — o peito tem
Férrea mão que constringe — e o coração
Não palpita no seio.

Deixai passar as turbas; — venha embora
A noite — com seu véu me envolva, — brilhe,
Ou não o firmamento:
Descante o sabiá da sesta à hora;
Deixa-me em meu cismar; — embora triste
Errado o pensamento!
Deixai o meu segredo; — oh! é mistério
Eu o amo — é meu sonho tão querido...
Quem o sabe? ninguém.
São notas afinadas de um saltério
Que geme de saudades — esquecido
Na má Jerusalém!

É por isso que eu quero a paz do ermo
Que faz lembrar a paz da sepultura,
Solitária, — e tão só!...
Não sonho aí sentada, o breve termo,
Que almejo a minha dor — a desventura,
Ligou-me em estreito nó...

Vou fartar-me de dor longe do mundo,
Vasar do peito aos lábios — na sordão
Torrentes de amargor!
Dar asa a um querer vago, e profundo;
Com prantos iludir meu coração,
Gelado, — e sem amor!

Embora venham as turbas desvendar
No solitário abrigo meu viver,
Minha longa aflição;
Jamais hão de profanos — meu cismar.
Meu segredo — sequer — compreender 5
No morto coração.

Ah! Não posso!

Se uma frase se pudesse
Do meu peito destacar;
Uma frase misteriosa
Como o gemido do mar,
Em noite erma, e saudosa,
Do meigo, e doce luar;

Ah! se pudesse!... mas muda
Sou, por lei, que me impõe Deus!
Essa frase maga encerra,
Resume os afetos meus;
Exprime o gozo dos anjos,
Extremos puros dos céus.

Entretanto, ela é meu sonho,
Meu ideal inda é ela:
Menos a vida eu amara
Embora fosse ela bela,
Como rubro diamante,
Sob finíssima tela.

Se dizê-la é meu empenho,
Reprimi-la é meu dever:
Se se escapar dos meus lábios,
Oh! Deus, — fazei-me morrer!
Que eu pronunciando-a não posso
Mais — sobre a terra viver.

Sonho ou visão?

Tu vens rebuçado
Nas sombras da noite
Sentar-te em meu leito;
Eu sinto teus lábios
Roçar minhas faces
Roçar no meu peito.

Não sei bem se durmo,
Se velo — se é sonho.
Se é grata visão;
Só sei que arroubada
Deleita a minh'alma
Tão doce ilusão.

Depois, um suspiro
Que cala mais fundo
Que prantos de dor;
Que fala mais alto
Que juras ardentes,
Que votos de amor,

Vem lento — pausado
Do imo do peito
Nos lábios — morrer...
Eu amo de ouvi-lo,
Pois desses suspiros
Se anima o meu ser.

Mas, ah! Não me falas...
Teus lábios, teu rosto
Só tem um sorriso.
Depois vaporoso
Vai todo fugindo
Teu corpo — teu riso.

Então eu desperto
Do sonho — ou visão,
Começo a cismar;
E ainda acordada
Invoco em delírio.
Oh! vem no meu sono
Imagem querida
Pousar no meu leito
Com lábios macios
Roçar minhas faces,
Pousar no meu peito.

Por ocasião da tomada de Villeta e ocupação de Assunção

Tupi, que dormia da paz no remanso,
De plumas coberto, de flecha na mão,
Escuta de guerra no Prata uma voz,
Escuta uma luta de estranha feição.

Desperta, e pergunta: "Quem ousa acordar-me?" 5
Respondem-lhe: um monstro insulta a nação!
Oh! ei-lo guerreiro, brioso, pujante,
Chamando seus filhos com voz de trovão,

E os brados se escutam nas matas d'além,
Nas selvas longínquas, nos montes na serra: 10
Mil homens se erguem, mil homens repetem
O brado do gênio, que é brado de guerra.

E marcham seus filhos sedentos de glória,
Que bravos são eles, heróis todos são!
— Entanto que o monstro se nutre de sangue — 15
Ribomba no Prata brasílio canhão.

E uma após outra se rendem cativas
Do vil Paraguaio trincheiras a mil;
E renque de escravos cadáver já são...
E ele! Vacila... já teme ao Brasil. 20

É dura a fadiga... Por ínvios caminhos,
Esteros imundos, pauis, lodaçal

Lá marcham os filhos do bravo Tupi,
Dobrando galhardos, ardor marcial.

A voz que os dirige é voz do gigante,
De plumas coberto, de flecha na mão;
É voz que se escuta do Prata ao Amazonas,
Que os ecos repetem, que é voz da nação!

E foram-se avante — guerreiros avante
Que é firme seu passo, só sabem vencer!
E o último asilo, que resta ao tirano,
Se rende a seus brados: — vencer, ou morrer!

E treme o abutre de crimes coberto,
E o manto retinto do sangue dos seus
Na selva espedaça, nas moitas de espinhos.

Oh! quantos triunfos! oh, quantas vitórias!
Villeta, Belaco, soberba Humaitá!
O Chaco, Angustura! oh Lopes! oh monstro!
Teu ódio, teus brios, cacique, onde está?

E a fronte do gênio, cingida de louros,
Altiva, potente — lhes diz: Escutai!
Vingastes, meus filhos, da pátria o insulto,
O Nero expulsastes... meus filhos, — parai.

Oh! eu vos saúdo! — dourastes a história
Já grata, e tão nobre da terra da Cruz;
Agora aos que gemem nas trevas cativas
Levai generosos mil raios de luz.

Erguei-lhes a fronte eu o beijo a paz.
Dizei-lhes, meus filhos: — tu és meu irmão!
E vinde, eu, os braços vos abre, o Tupi.
De plumas coberto, de flecha na mão.

No álbum de uma amiga

D'amiga existência tão triste, e cansada,
De dor tão eivada, não queiras provar;
Se a custo sorriso desliza aparente
Que mágoas não sente, que busca ocultar!?...

Os crus dissabores que eu sofro são tantos
São tantos os prantos, que vivo a chorar,
É tanta a agonia, tão lenta e sentida,
Que rouba-me a vida sem nunca acabar.

D'amiga a existência
Não queiras provar,
Há nela tais dores,
Que podem matar.

O pranto é ventura,
Que almejo gozar;
A dor é tão funda,
Que estanca o chorar.

Se intento um sorriso,
Que duro penar!
Que chagas não sinto
No peito sangrar!...

Não queiras a vida
Que eu sofro — levar,
Resume tais dores
Que podem matar.

E eu as sofro todas, e nem sei
Como posso existir!
Vaga sombra entre os vivos, — mal podendo
Meus pesares sentir.

5   Talvez assim Deus queira o meu viver
Tão cheio de amargura,
P'ra que não ame a vida e não me aterre.

Seu nome

Seu nome! em repeti-lo a planta, a erva,
A fonte, a solidão, o mar, a brisa
Meu peito se extasia!
Seu nome é meu alento, é-me deleite;
Seu nome, se o repito, é dulia nota
De infinda melodia.

Seu nome! vejo-o escrito em letras d'ouro
No azul sideral à noite quando
Medito à beira-mar;
E sobre as mansas águas debruçada,
Melancólica, e bela eu vejo a lua,
Na praia a se mirar.

Seu nome! é minha glória, é meu porvir,
Minha esperança, e ambição é ele,
Meu sonho, meu amor!
Seu nome afina as cordas de minha harpa,
Exalta a minha mente, e a embriaga
De poético odor!

Seu nome! embora vague esta minha alma
Em páramos desertos, — ou medite
Em bronea solidão;
Seu nome é minha ideia: — em vão tentará
Roubar-me alguém do peito — em vão — repito,
Seu nome é meu condão.

Quando baixar benéfico a meu leito,
Esse anjo de Deus, pálido e triste
Amigo derradeiro.
No meu último arcar, no extremo alento,
Há de seu nome pronunciar meus lábios
Seu nome todo inteiro!...

Meus amores

Meus amores são da terra
Mas parecem lá do céu;
São como a estrelinha d'alva,
São como a lua sem véu.

São um feitiço, um encanto,
Uma longínqua harmonia,
Sorriso por entre prantos,
Choro de infinda alegria.

Flor rorejada de orvalho,
Beijada do sol nascente,
Expressão tímida e pura
De doce amor inocente.

Meu amor é flor singela,
Enlevo do coração;
Tímido como a gazela,
Ardente como um vulcão.

Veste-o o candor da pureza,
De lindas, mimosas flores;
Quem gozou jamais na vida,
Tão ledas mimos de amores?

Eu tenho amores na terra,
Que semelham o amor do céu;
Guardei-os zelosa n'alma,
Cobri-os com um denso véu.

Porque este amor é tão belo,
Que não conheço outro igual;
A todos, todos oculto
Receando uma rival.

Só a minh'alma o confio,
Qual confio minhas dores;
É ela o templo, o sacrário,
De meus eternos amores.

Confissão

Embalde, te juro, quisera fugir-te,
Negar-te os extremos de ardente paixão;
Embalde, quisera dizer-te: — não sinto
Prender-me à existência profunda afeição.

Embalde! é loucura. Se penso um momento,
Se juro ofendida meus ferros quebrar;
Rebelde meu peito, mais ama querer-te,
Meu peito mais ama de amor delirar.

E as longas vigílias, — e os negros fantasmas,
Que os sonhos povoam, se intento dormir,
Se ameigam aos encantos, que tu me despertas,
Se posso a teu lado venturas fruir.

E as dores no peito dormentes se acalmam.
E eu julgo teu riso credor de um favor;
E eu sinto minh'alma de novo exaltar-se,
Rendida aos sublimes mistérios de amor.

Não digas, é crime — que amar-te não sei,
Que fria te nego meus doces extremos...
Eu amo adorar-te melhor do que a vida,
Melhor que a existência que tanto queremos.

Deixara eu de amar-te, quisera um momento,
Que a vida eu deixara também de gozar!
Delírio, ou loucura — sou cega em querer-te,
Sou louca... perdida, só sei te adorar.

Te Deum

> *Oferecido ao sonoro e mavioso poeta*
> *Ilmo. Sr. Dr. Gentil Homem de Almeida Braga.*
> *Tributo merecido.*

Santo! Santo! Senhor, nós te louvamos,
Porque imenso poder em ti se encerra!
Tu criaste, Senhor, o céu e a terra:
Com uma palavra tua luz cintila!...
Depois, o firmamento equilibraste,
E o mar lambia manso as brancas praias,
E o sol rutilando além das nuvens,
O rio, o peixe, a ave, a flor, a erva,
Que tudo era criado — o vento, a brisa
Erguendo a voz n'um cântico de amores,
Nas harpas d'anjos exclamaram: — Santo!

E depois, semelhando a tua imagem,
Do miserando pó ergueste o homem,
E disseste: levanta-te e domina,
Esta terra, este mar é teu império!
E belo foi o homem, que se erguia,
E mais perfeita a companheira pura,
Rosada, e bela que lhe deste, oh! Santo!

Volveram os olhos em redor do orbe
Imenso, vasto... e acurvados ambos,
Unidas vozes ao rugir dos mares,
A voz dos campos, e da selva inculta

Mas harpas d'anjos exclamaram: — Santo!...
E das ribeiras cristalinas águas,
As catadupas, o gemer das fontes,

A voz dos rios, murmúrio tênue
De mansa brisa, o suspirar do vento,
O grato aroma de mimosas flores,
O verde colo de cavados vales,
O cume erguido de soberbos montes,
À face toda do universo inteiro
Nas harpas d'anjos exclamaram: — Santo!
Santo! Santo! Santo te louvamos,

Oh! Deus de infinda glória, eterno amor!
Tu que geras virtude em nossas almas,
E ao ímpio cede do pesar a dor.

Tu, que a Gomorra, que a Sodoma abrasas,
E a Lot salvas do horroroso incêndio;
Tu, que no Horeb luminosa sarça
Ao temente Moisés súbito alçaste;
Que o veloz curso das vermelhas águas,
Com mão potente dividiste em meio;
Que as mesmas águas desroladas, bravas
Ralhando irosas sobre o rei maligno,
Que após teu povo blasfemando vinha

Reunis breve, quanto é breve o sopro
Da vaga brisa que sussurra, e morre;
Oh! Tu, Senhor, que a esse povo ouviste,
E a Moisés, a Arão as turbas todas
Em profundo adorar um hino erguer-te,
Um hino sacro... e com melífluo acento
Nas harpas d'anjos, exclamarem: — Santo!
Depois, Tu no deserto deste a fonte,

No deserto maná do céu filtrado!
As tábuas do Decálogo sublime
Foi no deserto que mandaste ao homem!

E os três mancebos da fornalha ardente;
E os cenobitas, e os profetas santos,
A doce virgem, o anacoreta ermo,
As potestades, serafins, arcanjos
As turbas todas exclamaram: — Santo!

E minha harpa de festões ornada,
Que os sons afina pelas harpas d'anjos
As cordas suas no vibrar acordes
Em sacros hinos te proclama — Santo!

Tu, que os homens e flores criaste,
Sol, e ventos, e o raio, que aterra,
E os mistérios sublimes que encerra,
Nossa crença — supremo Senhor.

Tu, que às plantas permites a seiva,
E meneios ao verde palmar;
Que marcaste limites ao mar,
Vida às selvas, ao dia frescor.

De minha harpa religiosa — as vozes
Acordes todas pelas harpas d'anjos;
Unida a voz dos serafins, dos santos
E a voz das turbas, te bendiz, Senhor.

Santo! Santo! Senhor! Deus dos exércitos,
Estão cheios de graça a terra, os céus!
E toda a criação exclama: — Santo!
Hosana! Hosana! Onipotente Deus!

Visão

Ouvi piar o mocho — era alta noite,
Eu tinha o peito de aflição eivado...
A dor coou tão funda, que minh'alma
Em modorra de angústia acalentou-se.
Quanto tempo durou esse marasmo,
Esse estado penível, doloroso,
Sono imerso na dor, que enerva, e mata,
Em que o quisesse, não sei bem dizê-lo.
Fugiam horas e eu sequer não tinha
Da própria vida o sentimento, as dores.
O sinistro piar de aflito mocho
Mais lúgubre que outrora, mais agudo,
Quebrando as solidões adormecidas,
No repouso feliz da natureza,
Como que um eco de meus ais doridos,
Minh'alma afigurou — eu, despertando.
Então incerta, sem destino ou guia
Por densas selvas eu vaguei, — e inda
Por entre bosques merencórios, ermos
Onde uma sombra era fantasma horrendo,
Um espectro medonho o verde arbusto.
Sob meus pés as dessecadas folhas
Rangiam, — como de aflição gemidos.
A dor me sufocava, era mais ima,
Mais funda no meu peito, ali no bosque.
Saí. Era uma senda escura, e feia,
Pedregosa, — caí, rojei na terra
Estéril, poeirenta, seca, e dura,

Como um penhasco... lacerou-me a fronte.
E eu não senti — que me amargava intenso
O fel do sofrimento agudo, e fero.
E o pó, que ergueram as deslocadas pedras,
Minhas espáduas recamou Oh! quanta
Desesperança — no meu peito — havia!...
Era de angústias um letal veneno
No peito a me ondular — era nas veias
O gelo do sepulcro a traspassá-las,
Coando até a medula dos ossos!...
Era a garganta constrangida, ardente,
Árida, e seca, — e sufocada a boca.
Quanto tempo durou inda esta angústia
Suprema, — que meu ser aniquilava.
Este aflito penar, este delírio,
Este estado de dor tão violenta.
Não o posso dizer. Crescia a noite,
E mais carpia ainda o mocho triste...
Então voltou-me um átomo de vida,
Porque senti volúpia amarga, — enlevo
No sinistro gemer da ave noturna:
Porque o som de sua voz com o meu gemido,
Com a voz de minh'alma — harmonizava.
Gemi — foi um gemido doloroso,
Surdo, sem eco, soluçado apenas,
Que as fibras todas do cansado peito
Quebrou no seu passar. Abri os olhos
Ao ímpeto da dor, que se aumentava;
Um rochedo a meus pés se erguia mudo.
Altivo, e forte sobranceiro aos mares.
Galguei-o, ora correndo desvairada,
Ora, com passo vagaroso, e trépido,
Ora rojando minha face em terra.
Selando as pedras com meu rubro sangue,
Galguei-o. Era um penedo árido, e triste,

Nem uma erva lhe bordava a encosta.
Como nas faldas, era ermo o pico.
Copioso suor me aljofarava.
A turva fronte, — e os cabelos soltos
Ao vento, — me vendavam os olhos baços.
Exausta de cansaço, e de amargura,
Ao cume do rochedo enfim fui posta.
Oh! mistérios de um Deus eterno, e santo!
Ali, por tantas mágoas comprimido
Meu coração já frio, enregelado,
Sem fé, sem crenças, sem alento, ou vida
Mórbido, lânguido, — reviveu... mistério!
A meus pés era o mar augusto, imenso
Simbolizando o Deus da natureza...
Sobre a minha cabeça distendia-se
O espaço infinito, — o firmamento!
Nem uma estrela ali brilhava a furto:
Porque as nuvens escuras se embatiam,
A chuva ameaçando. Ao lume d'água,
Salsa, pesada de mil pontos surgem
Luminosos faróis, que logo apagam.
Roneavam os aquilões, soprava o vento
Rijo — encrespando a superfície d'agua.
Que se agitava com sinistro aspecto.
Gemia a tempestade pavorosa
Tão poética, e grande! A chuva era
Como pranto de mãe, que sobre o berço
Vazio do filhinho esparge aflita.
Em gotas sobre a fonte me escorria:
Benfazeja foi ela! que gelou-me
A fronte ardente, requeimada, e seca...
Amei então a chuva, amei a onda,
Que irosa, embravecida, mais crescia,
Bramindo em seu furor, — ameaçando
O imóvel rochedo. As salsas gotas

Dessa espuma de neve, que se erguia.
Salpicando as encostas pedregosas
Me ungia a fronte, como um doce beijo,
Expressivo de meiga complacência.
D'aquele que se dói, da dor de estranhos.
Ígneos raios sibilando ardentes,
Com mil fogos sobre o mar cruzavam:
E o gemer do trovão — gemer das ondas,
Com o sibilar do vento — harmonizavam.

Roncava a tempestade — o mar crescia,
Soberbo o cataclismo se aumentava.
Contemplando o furor dos elementos,
A frágoa de minh'alma se ameigava.
Quanto me vi mesquinha... um verme apenas
No cume do rochedo, sobre o mar!
Humilde me curvei: — com a face em terra,
Minh'alma se exaltou — eu pude orar.
Os ventos amainaram — a tempestade
Toda desfez-se — repousou natura;
O mar nos seus limites se encerrava,
E hino divinal rompeu na altura.
Eram cantos celestes — escutei-os,
E do peito emanou-me um doce pranto;
As lágrimas lavaram as agras dores,
As crenças restituiu-me o sacro canto.
Mas ainda assim, como que agora escuto
A dulia nota das canções dos céus;
Esvaiu-se a visão... mas sinto grata,
No peito a graça, que nos vem de Deus.

A mendiga

*Oferecida ao Ilmo. Sr. Dr. Henrique Leal como
prova de profunda e sincera gratidão.*

Como era meiga a donzela!
Tão puros os lábios dela,
Tão virgem seu coração...
Seu sorriso lisonjeiro,
Seu doce olhar tão fagueiro,   5
De tão celeste expressão!

Era ingênua, era inocente,
Como a flor que brandamente
De manhã desabrochou;
Que por ser cândida e pura,   10
Ter aroma, ter frescura,
Dela — o sol — se enamorou.

Mas foram graças ligeiras,
Como promessas fagueiras,
Que se não realizou ...   15
Como risonha esperança,
Que vem funesta mudança
Matar o que se esperou.

Agora sumiu-se no trépido ocaso
Por entre negrumes seu astro do dia;   20
Fugiu-lhe dos lábios o riso tão puro,
Secou-se-lhe a fonte de tanta alegria.

Agora devagar nos campos sombrios,
Se entranha nos bosques, procura a solidão...
E pálida a face, e mórbida a fronte,
No peito lhe ondeia pungente aflição.

Agora secou-se-lhe a fonte do pranto,
Agora envenena-a profundo sofrer...
Agora na vida de gozos tão nua,
À triste só resta da morte o prazer.

Agora expirou-lhe seu riso inocente:
Seus lábios tão puros perderam o rubor...
Agora lamenta seu triste abandono,
Agora em silêncio se nutre de dor.

Se prantos tivesse que a dor orvalhasse,
Se um triste gemido pudesse exalar...
Se ao menos a chaga, que sangue goteja
Pudesse-lhe a vida penosa acabar...

Se aos ventos que passam, se a brisa, se as flores
Pudessem em segredo seu mal confiar!
Mas, ela receia... que a todos escuta
Sorriso de escárnio que a pode matar.

Coitada — perdida! qual ave sem ninho,
Vagando na terra, qual concha no mar.
Se doce esperança procura afanosa,
No extremo da vida só pode encontrar.

E ela mendiga de andrajos coberta,
As faces retintas de um triste palor,
O pão que lhe esmolam de lágrimas rega,
Subindo-lhe ao rosto do pejo o rubor.

No peito, que existe tão puro qual era
Ondeiam-lhe chamas ardentes de amor;
E ela recorda seus dias de outr'ora,
E sente su'alma partir-se de dor.

É triste, coitada! ludíbrio da sorte,
Afaga uma ideia — delírio, loucura!
Revê-lo um momento — revê-lo um só dia,
Embora mais funda lhe seja amargura.

É fundo o desejo que nutre em silêncio,
Que ateia, que acende, que abrasa a paixão;
Embalde ela invoca dos céus o auxílio,
Embalde ela almeja guiar-lhe a razão.

Se prantos tivesse, coitada, mesquinha,
Que a dor lhe pudesse do peito abrandar,
Se esse a quem ama, que cega idolatra
Quisesse suas frágoas, sua dor desterrar...

Mas, triste, — afligida, ludíbrio da sorte,
Afaga uma ideia... que longo sofrer!
É vê-lo um momento — provar-lhe os extremos,
Que na alma lhe cavam contínuo morrer.

Ah! ele? quem sabe? talvez se partisse,
Um dia somente viveu-lhe o amor...
Foi terno, foi breve, foi vida d'um'hora,
Fugiu como a grata fragrância da flor.

Mulher, que de teus pais eras o encanto,
Primor da criação... por que murchaste?
Essas frases dolosas, sedutoras,
Por que na flor dos anos — escutaste?

Não vias que eras flor — e a mariposa,
Roubava-te o perfume em beijo impuro?
Não vias que uma nuvem eclipsava
Teu belo, luminoso, áureo futuro!?!...

Passa a brisa namorada,
Rouba da rosa o odor,
Ela sentida — definha,
E morre de dissabor.
Assim por linda donzela
Passa o torpe sedutor,
E seus mimos, seus encantos,
Rouba infame e sem amor.

E ela, em triste abandono,
Sem consolo ou esperança,
Chora seu agro destino,
Sem nele sentir mudança...
E vai chorosa, afligida
À sacra etérea mansão:
Porque só Deus compreende
Que é puro seu coração.

Mulher, que eras tão pura como a rosa,
Tão meiga a tua voz — tão doce o olhar,
Como céu que esmaltou gentil aurora
Como trépida a fonte a murmurar.

Por que escutaste de sua voz o acento,
E palpitou o teu coração de amor!?!
Porque no teu delírio d'um momento
Trocaste pelo opróbrio o teu candor!

Qual Eva no Éden saída apenas
Das mãos do Criador, — mimosa e pura,

E logo no pecado submersa
Eivado o coração pela amargura.

Agora o que te resta sobre a terra,
Se aos teus afetos não compensa amor?
Que de esperanças — ou de gozo resta
À bela, e triste abandonada flor!?!...

Teus pesares, teus ais a quem comove?
Quem sente o pranto teu — de coração?
Quem nos seios da alma te lamenta?
Quem ouve o teu soluço de aflição!?

Tu eras tão bela! mudou-se o teu fado!
Só dor, e remorsos torturam-te a alma.
Ai! mísera, triste de andrajos coberta,
Divagas sem tino no frio, e na calma.

E ele esquecido de tudo — é feliz,
Nem lembra a florzinha, que aos pés maltratou!
Entanto ela o segue... ventura ou acaso...
Um dia seus olhos nos dele fixou.

E ele volveu-lhe sorriso de escárnio,
E ela uma queixa sentida murmura,
Tão débil, tão fraca, com tal desalento,
Que bem revelava profunda amargura:

— Apenas a sombra já vês do que fui...
Ah! não te comoves? Coitada! ela diz.
— Que extremos por ver-te... que extremos
 [de amores!
E tu me repeles? Cruel! que te fiz?

E ele tornou-lhe: — Mendigas sem pejo?
Que vício tão torpe! não tenho o que dar.

Mulher! o desprezo do mundo é partilha,
Que deve caber-te, que deves cobrar.

De novo a voz se ouviu, — era tão débil,
Que semelhara doloroso anseio...
Mas era entre os soluços proferido,
Um nome que a pesar aos lábios veio.

— Cruel! por que te amei com tanto extremo,
Por quê? Perdão, meu Deus! Eu fui tão louca!
Rendi meu coração aos teus afetos,
Infame me tornei, criei remorsos...
Ouvi meu pai amaldiçoar-me... ouvindo
Os sarcasmos do mundo; — e apesar d'isso
Por amar-te eu sonhava uma esperança!...
Vaguei mendiga, sofrendo dores,
Fiel ao sentimento de minh'alma,
Amando-te inda mais que te amava,
Com mais ardor, com mais paixão imersa:
E teu desprezo, que mais dói que a morte,
E todo o prêmio que cobrar devia!?!...
Homem cruel! acaso tens no peito,
Alma de tigre?... coração de gelo?!...

— Mulher!
Tudo acabou! Foi dura a prova.
Amor, venturas, esperanças loucas
Tudo a sorte desfez... Ela calou-se.

— Vai-te, mendiga, disse — e o lábio impuro
Um sorriso formou de agro desprezo.

E foi-se. O coração era de mármore
Ela de pejo e dor estremeceu:
O peito lhe ofegou dorido arfando,
Nem um suspiro lhe escapou — morreu!

O proscrito

Vou deixar meus pátrios lares,
Alheio clima habitar.
Ver outros céus, outros mares,
Noutros campos divagar;
Outras brisas, outros ares,
Longe dos meus respirar...

Vou deixar-te, oh! pátria minha,
Vou longe de ti — viver...
Oh! essa ideia mesquinha,
Faz meu dorido sofrer;
Pálida, aflita rolinha
De mágoas a estremecer.

Deixar-te, pátria querida.
É deixar de respirar!
Pálida sombra, sentida
Serei — espectro a vagar:
Sem tino, sem ar, sem vida
Por essa terra além-mar.

Quem há de ouvir-me os gemidos
Que arranca profunda dor?
Quem há de meus ais transidos
De virulento amargor,
Escutar — tristes, sentidos,
Com mágoa, com dissabor?

Ninguém. Um rosto a sorrir-me
Não hei de aí encontrar!...
Quando a saudade afligir-me
Ninguém me irá consolar;
Quando a existência fugir-me,
Quem me há de prantear?

Quando sozinho estiver
Aí à noite a cismar
De minha terra, sequer
Não há de a brisa passar,
Que agite todo o meu ser,
Com seu macio ondular...

A dor, que não tem cura

> O que mais dói na vida não é ver-se
> Mal pago um benefício,
> Nem ouvir dura voz dos que nos devem
> Agradecidos votos.
> Nem ter as mãos mordidas pelo ingrato
> Que as devera beijar.
>
> G. DIAS

De tudo o que mais dói, de quanto é dor
Que não valem nem prantos, nem gemidos,
São afetos imensos, puros, santos
Desprezados — ou mal compreendidos.

É essa a que mais dói a um'alma nobre.
Que desconhece do interesse a lei;
Rica de extremos, não mendiga afetos,
Que é mais altiva que um potente rei.

É essa a dor, que mais nos dói na vida;
É essa a dor, que dilacera a alma:
É essa a dor, que martiriza, e mata.
Que rouba as crenças, o sossego, a calma.

Não sei, se todos no volver dos anos
Sentem-na funda cruciante, atroz
Como eu a sinto… Oh! é martírio — ou vele,
Ou sonhe, — ou vague mediante a sós.

Eu vi fugir-me como foge a vida
Afeto santo de extremosos pais:
Roubou-mos crua, impiedosa morte,
Sem que a movessem meus doridos ais.

Vi nos espasmos de agonia lenta
Morrer aquele, que eu amei na vida...
Trêmulos lábios soluçando — adeus!
Ouviu-lhe esta alma de aflição transida.

Dores são estas, que renascem vivas
A cada hora — que jamais esquecem;
Enchem de luto da existência o livro,
Conosco à campa silenciosa descem.

Ah! quantas vezes, recordando-as hoje,
Dos roxos olhos se me verte o pranto!
Ah! quantas vezes, dedilhando a lira,
Rebelde o peito, não soluça um canto...

Mas, se essas dores despedaçam a alma,
O pranto em baga nos consola a dor:
Numa outra esfera, num perene gozo,
Vivem, partilham divinal amor.

Mas ah! de quanto nos aflige, e mata
É esta a dor, que mais nos dói sofrer;
Cobrar frieza em recompensa a afetos,
No peito amigo estrebuchar, — morrer!

Amor

Ah! sim eu quero rever-te a medo
Terno segredo — que em minh'alma habita;
Mas, vês? eu tremo... teu sorriso anima:
Vê, se o que digo, o teu dizer imita...

Um ai poderá traduzir — n'um ai
Tudo o que pedes que eu te diga agora;
Mas tu não queres!... teu querer respeito.
Eia... coragem! dir-te-ei n'uma hora.

Oh! não te esqueças meu rubor, meu pejo,
Vê que eu vacilo... que eu perdi a cor:
Embora... escuta. Tu me amas? — dize,
Eu te confesso que te voto amor...

Itaculumim

As praias descanto,
Que tem tanto encanto —
— que ameiga meu pranto
Do belo Cumã!
A lua prateia
Seus cambras d'areia,
A vaga passeia
Na riba louçã.

Fronteiras a elas
Se ostentam tão belas
Desertas singelas
As praias de além;
Há nelas penedos,
Enormes rochedos,
Que escondem segredos...
Eu canto-as também.

Eu creio que irmã
Deus fez o Cumã
Da praia louçã
Do Itaculumim.
A vaga anseia
Além — e vagueia
Que nestas ondeia,
Eu creio por mim.

Não vedes as praias fronteiras?
A quem se estende o formoso Cumã lisonjeiro:
Além se dilatam de Itaculumim
As praias saudosas, o morro altaneiro.

5 O índio em igaras — vencia esse espaço,
Juntava-se em turbas — amigos queridos;
Após os folgares, as breves canções,
Valente p'ra guerra marchavam reunidos.

Mas, foram esses tempos de paz, e sossego
10 E tempos vieram de guerra, e de morte...
E sempre ao irmão, — e sempre o penedo
Qual firme atalaia — vigiam no norte.

Os íncolas tristes, — a raça tupi
Deixando suas tabas, fugindo lá vão,
15 Que mais do que a morte no peito lhe custa,
A fronte curvar-se-lhes à vil servidão.

O índio prefere no campo da lide
Briosos guerreiros a vida acabar:
Ver mortos seus filhos, seus lares extintos
20 Do que a liberdade deixar de gozar.

Sua alma que é livre não pode vergar-se,
Por isso seus lares aí deixam sem dor;
E vão-se prudentes — altivos — jurando
Que a fronte não curvam da pátria ao invasor...

25 Ceder só à força, que poucos já eram,
Que os mortos juncavam seus campos mimosos...
Deixaram estas praias que tanto queriam,
Fugiram prudentes — mas sempre briosos.

Depois, lá bem longe... nas noites de inverno,
Ouvindo nas matas gemer o trovão,
E os ecos saudosos, e os ecos sentidos
Quebrados, chorosos na erma soidão,

Lembravam com prantos, que amargo lhes eram   5
As praias amenas do belo Cumã;
O morro altaneiro de Itaculumim,
Os combros d'areia na riba louçã.

E ermo, e saudoso das ninfas, que amou,
Das crenças, que teve descanta o pajé;   10
Os outros escutam seu canto choroso
Que fala das crenças, que vida lhes é.

Ele começa com voz soluçada:
— Nas praias do norte nascidos tupi;
Existem palácios no mar encantados,   15
No leito das águas de Itaculumim.

Ah! quanto é formoso seu vasto recinto,
Oh! quanto são belas as virgens d'ali!
O teto, que as cobre de conchas de neve,
O solo das perlas mais lindas que vi.   20

O colo das virgens é branco, e aéreo;
As tranças de ouro rasteiam no chão;
O canto é sonoro — tem tal harmonia
Que prende de amores qualquer coração.

Seu corpo mimoso semelha à palmeira,   25
Que troca coa brisa seu ledo folgar:
As meigas palavras, que caem dos lábios,
Parecem harmonias longínquas — do mar.

Saudades que eu sinto de tudo que amei,
Se triste recordo seus mimos aqui...
Saudades do belo Cumã lisonjeiro,
Saudades das praias de Itaculumim...

5 Deixamos as tabas de nossos avós...
As águas salgadas, que tinham condão!
Deixamos a vida nos lares queridos,
Vagamos incertos por ínvio sertão.

Entre suspiros cessa o triste canto;
10 Mais não disse o pajé!
Um silêncio dorido sucedera
Ao seu canto de dor...
Ele! tão feliz... ele, ditoso
Eu seu doce folgar;
15 Em palácios dourados repousando,
Em instantes de amor...

Agora na soidão — agora longe
Dessas deusas do mar;
Agora errante, triste, e sem destino
20 Sentia a aguda dor...

Por isso era canto bem sentido
Lá por ínvios sertões!
Perdera as salças praias, arenosas,
Perdera o seu amor!

25 Lastimava seu fado — e se carpia
Das praias do Cumã.
E de Itaculumim se recordava
Com suspiros de dor...

E muitos prantos soluçados vinham
De saudades — quebrar a solidão!
Depois, era um silêncio amargurado,
Depois, suspiro fundo de aflição...

Prosseguem entanto sem destino, aflitos, 5
Prosseguem marcha duvidosa, errante:
E aqui campeia do Cumã as praias,
E Itaculumim gigante.

Meditação

Vejamos pois esta deserta praia,
Que a meiga lua a pratear começa,
Com seu silêncio se harmoniza esta alma,
Que verga ao peso de uma sorte avessa.

Oh! meditamos na soidão da terra,
Nas vastas ribas deste imenso mar;
Ao som do vento, que sussurra triste,
Por entre os leques do gentil palmar.

O sol nas trevas se envolveu, — mistérios
Encerra a noite, — ela compreende a dor;
Talvez o manto, que estendeu no bosque,
Encubra um peito que gemeu de amor.

E o mar na praia como liso ondeia,
Gemendo triste, sem furor — com mágoas...
Também meditas, oh! salgado pego —
Também partilhas desta vida as frágoas?...

E a branca lua a divagar no céu,
Como uma virgem nas solidões da terra;
Que doce encanto tem seu meigo aspecto,
E tanto enlevo sua tristeza encerra!

Sim, meditemos... quem gemeu no bosque,
Onde a florzinha a perfumar cativa?
Seria o vento? Ele passando ergueu
Do tronco a copa sobranceira, altiva.

Passou. E agora sufocando a custo
Meu peito o doce palpitar de amor,
Delícias bebe desterrando o susto,
Que a noite incute a semear pavor.

5 E um deleite inda melhor que a vida,
Langor, quebranto, ou sofrimento ou dor;
Um quê de afetos meditando eu sinto,
Na erma noite, a me exaltar de amor.

Então a mente a divagar começa,
10 Criando afouta seu sonhado amor;
Zombando altiva de uma sorte avessa,
Que oprime a vida com fatal rigor.

E nessa hora a gotejar meu pranto,
Nas ermas ribas de saudoso mar,
15 Vagando a mente nesse doce encanto,
Dá vida ao ente, que criei p'ra amar.

E a doce imagem vaporosa, e bela,
Que a mente erguera, engrinaldou de amor,
Ergue-se vaga, melindrosa, e grata
20 Como fragrância de mimosa flor.

E o peito a envolve de extremoso afeto,
E dá-lhe a vida, que lhe dera Deus;
Ergue-lhe altares — lhe engrinalda a fronte,
Rende-lhe cultos, que só dera aos céus.

25 Colhe p'ra ela das roseiras belas,
Que aí cultiva — a mais singela flor:
E num suspiro vai depor-lhe as plantas,
Como oferenda — seu mimoso amor.

Mas, ah! somente a duração d'um ai
Tem esse breve devanear da mente
Volve-se a vida, que é só pranto, e dor,
E cessa o encanto do amoroso ente.

Embora eu goste

Embora eu goste de escutar sozinha,
O mago acento da ternura tua:
Embora em meus transportes eu te adore,
Embora sobre mim teu ser influa;

Embora eu folgue por te ver risonho,
Cativo ao meu querer, a mim rendido;
Embora amor te abrase o peito em sonho,
E meu peito o adivinhe enternecido;

Embora venha a flor desses teus lábios,
Essa frase sonhada, e misteriosa;
Essa palavra mágica, que enleva
Como perfume de orvalhada rosa;

Embora em escutá-la eu despertasse
Deste longo torpor, — desta apatia;
Embora de meu peito transbordasse
Em ondas de prazer louca alegria;

Sepulta-a no mais imo da tua alma,
Volvê-la à custo embora — ao coração:
Imponho-te o silencio, que me imponho,
Embora eu sinta por te amar — paixão.

Talvez, sim, que minh'alma te compr'enda;
Talvez que nos estreite um só querer;
Talvez... mas, ah! porque rasteira grama
Intentas, louco! de seu leito erguer!...

Não sabes que isolada ela vegeta
Deserdada por Deus de afeto, e amor?
Ah! não lhe toques, — não lhe dês teu pranto:
Deixa-a isolada, emurchecer de dor.

A hora em que nasci sumiu-se o disco
Do sol luzente — e uma estrela pura
Não fulgiu no lençol azul do céu,
Amenizando-me a existência dura:

E avara de gozos foi-me a infância,
Para os demais idade venturosa...
A primeira expressão da minha vida,
Foi do infindo pesar — dor venenosa.

A custo hei arrastado os longos dias
De penosa aflição já bem eivados;
Custei-me a dominar — não formo queixas
Contra o capricho de meus agros fados.

Deixa que eu sofra sem que o saibas tu,
Paixão ardente me ondear no peito:
E que se exalte o coração de afetos,
E que se estremeça por amor sujeito.

Deixa em segredo repetir minh'alma
Que o meu ouvido não me escute o acento,
Que és o doce enlevo do meu peito,
O bem que me absorve — o pensamento.

Mas nunca intentes arrancar-me aos lábios
De amor a misteriosa confissão.
Impossível me fora... oh! impossível! —
Sem que o saibas é teu — meu coração.

Posso dar-te a existência — a vida inteira;
Contigo partilhar ventura, ou dor;
Mas, nunca a teus ouvidos murmurara
Com mago acento esta palavra — amor!

Embora em repeti-la eu despertasse
Deste longo torpor, desta apatia;
Embora de meu peito transbordasse
Em ondas de prazer minha alegria.

Sepulto-a no mais fundo de minh'alma,
Volva-a a custo embora — ao coração;
Imponho-me o silêncio que te imponho,
Embora sinta por ti amor, paixão.

Não quero amar mais ninguém

Quereis que eu cante na lira
Os meus amores? Pois bem;
Os meus amores são sonhos,
Eu nunca amei a ninguém.

Temi que, amando na terra,
De amor me viesse algum mal.
Criei no céu meus amores,
Amei ao meu ideal.

Oh! nem sabeis quanto é belo
Um ideal de mulher!
É belo como arcanjos,
Aos pés do Supremo Ser.

É grato, belo, é deleite,
Encanta, enleia, seduz,
Como nas trevas da noite
Se brilha ao longe uma luz.

Fala... sua voz é saltério;
São gratos hinos a Deus;
São acentos mist'riosos;
Que sobem puros aos céus.

Se nos sorri, — seu sorriso,
São ternos votos de amor;
São como gota de orvalho
De leve beijando a flor.

P'ra que amores na terra,
Se amo ao meu ideal?
Amores que cavam prantos,
Amores que fazem mal!...

E teço-lhe grinalda de poesia,
Singela, e odorosa;
E dos anjos escuto a melodia
A voz harmoniosa.

E um doce ambiente se respira,
E mais doce langor;
Expande-se meu peito — a alma suspira
Ofegante de amor.

E a música celeste recomeça
Ao som de nosso amor:
Mistério! A lua é pura... a flor começa
A vestir-se de odor.

É tudo belo... toda a relva é flor,
Todo o ar poesia!
O prazer é do céu ... aí o amor
É hino de harmonia.

Que importa que sejam sonhos
Os meus amores? Pois bem,
Eu quero amores sonhando,
Não quero amar mais ninguém.

Minha alma

Agora, agora que ninguém nos ouve,
Dize, minh'alma, — que sofrer te avexa?
Sofres? Eu sinto!... que pungir o teu!
Foge aos rigores de uma sorte avessa.

Vês-me abatida como arbusto débil,
Que a fronte inclinada se o aquilão soprou;
Sombra tristonha, que vagueia aflita,
Buscando a campa que seu mal cavou.

E não minoras minha dor sem prantos...
Gemes comigo na amplidão do ermo?
As nossas dores são comuns, — minh'alma,
Fundas, eternas, — não terão um termo!

Se em desalento me lastimo e choro,
Se a dor me rasga o desolado peito,
Gemes. Na insônia de compridas noites
Velas comigo a suspirar no leito.

E quando estua o coração de angústias
Vejo-te aflita delirar — que tens?
Remorso agudo te penetra o seio?
De negros crimes rebuçada vens?...

Oh! que blasfêmia! Tu, essência diva,
Límpida, pura... não pecaste, — não.
Presa ao ergást'lo do grosseiro barro,
Sofres com ele... que fatal prisão!

Sofres! és boa... meu sofrer te acanha...
Gemes, se eu gemo — se eu pranteio, choras:
Se a culpa, ou erro me constringe o peito,
És tu, meu anjo — quem da culpa coras.

Juntas erramos neste vale — aflitas
Arrastam ambas seu viver dorido...
Dás-me teus prantos se me escutas, triste
Brotar do peito soluçar sentido.

É minha culpa, sim — perdão minh'alma!
A culpa é minha, — o sacrifício teu,
Sublime exemplo do mais puro amor!
Sê minha estrela ao caminhar p'ra o céu.

Só tu me ouviste blasfemar, — perdoa!
Eu sofro tanto!... Ah! perdão... perdão!
Deixa esta dor se enregelar no peito,
Quebra, espedaça tua fatal prisão.

A vida é sonho

Oferecida ao Ilmo. Sr. Raimundo Marcos Cordeiro.
Prova de sincera amizade.

A vida é sonho, — que afanoso sonho!
Há nela gozos de mentido amor;
Porém aquilo que nossa alma almeja
É sonho amargo de aflitiva dor!

Fantasma mudo, que impassível foge, 5
Se mão ousada a estreitá-lo vai;
Sombra ilusória, fugitiva nuvem,
Folha mirrada, que do tronco cai...

Que vale ao triste sonhador poeta
A noite inteira se volver no leito, 10
Sonhando anelos — segredando um nome,
Que oculta a todos no abrasado peito?!!...

A vida é sonho, que se esvai na campa,
Sonho dorido, truculento fel,
Longa cadeia, que nos cinge a dor, 15
Vaso enganoso de absintos, e mel

Se é um segredo que su'alma encerra,
Se é um mistério — revelá-lo a quem?
Se é um desejo — quem fartá-lo pode?
Quem chora as mágoas, que o poeta tem? 20

Ah! se um segredo lhe devora a vida,
Bem como a flor, o requeimar do dia,
Ele se estorce no afanoso anseio;
Rasga-lhe o peito íntima agonia.

Então compulsa a melindrosa lira,
Seu pobre canto é desmaiada endeixa;
A lira segue merencória, e triste
Pálidos lábios murmurando queixa.

Mas, esse afã — esse querer insano,
Esse segredo, — esse mistério, enfim,
Não é a lira que compr'ende, e farta,
Que a lira geme, mas não sofre assim.

A vida é sonho, duvidar quem pode?
Sonho penoso, que se esvai nos céus!
Esse querer indefinido, e louco,
Só o compr'ende — só o farta — Deus.

Nênia

*À memória do mavioso e
infeliz poeta Dr. A. G. Dias.*

Lamenta, Maranhão, — lamenta, e chora
O teu mimoso cisne, — imortal Dias!
Veste teus prados de lutuoso crepe,
Despe tuas galas, infeliz Caxias!

Não foi dos vermes seu cadáver presa,
Não teve campa, não dormiu na terra!
O mar prestou-lhe monumento aurífero,
Deu-lhe essas pompas, que em seu seio encerra.

Mimosas colchas de nevadas perlas
Lhe adornam o leito de safira, e ouro...
Os pés lhe enastram de corais as palmas;
Forma-lhe a campa imorredor tesouro.

Não morre o gênio! não morreste, oh!
Dias, eis-te nas vagas serenando o mar...
Eis-te no orvalho, que a manhã chorosa,
Manda, benéfica uma flor beijar.

Eis-te nas vagas de São Marcos, — Dias,
Desfeito agora em melindroso encanto!
Eis-te pendendo dos mangueiros pátrios,
Como dos olhos d'uma virgem o pranto.

Eis-te nas tabas, — nos caldosos rios,
Nas salças praias, — no volver da brisa,
No grato aroma de mimosas flores,
Na voz do vento, que o oceano frisa...

Eis-te, poeta mavioso, e terno.
Em cada peito, que te ouviu cantar:
Eis-te na história — perpassando aos evos.

Poeta, concerta hinos,
Ao som dos hinos divinos,
Canta excelsos, peregrinos,
Místicos carmes a Deus.
Com estro divinizado,
Salmo de amor incensado,
Ao Deus Senhor humanado,
Canta, poeta, — nos céus.

Canta, canta — e as falanges
Dos anjinhos do Senhor,
Dos seus jardins uma flor,
Cada qual te irá colher;
E na tua harpa, — poeta,
Na tua harpa sagrada,
A flor no céu educada
Virão depor com prazer.

Dessas harpas diamantinas
De notas tão peregrinas,
Em que os anjos — as matinas
Incessante cantam a Deus.
Fere a corda harmoniosa,
A corda mais sonora,
Desprende a voz maviosa;
Canta, poeta, — nos céus.

Canta no céu, que na terra,
Foi teu cantar noite e dia
Nota de eterna harmonia,
Perfume de olente flor...
Foi teu cantar melindroso.
Como um sentir misterioso,
Que passa vago, e mimoso
N'um peito, que cisma amor.

Foi tua lira fadada,
Foi teu cantar a balada,
Sonorosa, e concertada
Pelos arcanjos de Deus!
Foi hino sacro de amor,
Foi harpa do rei — cantor...
Agora ao teu Criador
Canta, poeta, — nos céus.

Uns olhos

Vi uns olhos… que olhos tão belos!
Esses olhos têm certo volver,
Que me obrigam a profundo cismar,
Que despertam-me um vago querer.

Esses olhos me calam na alma
Viva chama de ardente paixão:
Esses olhos me geram alegria,
Me desterram pungente aflição.

Esses olhos devera eu ter visto
Há mais tempo — talvez ao nascer:
Esses olhos me falam de amores;
Nesses olhos eu quero viver…
Nesses olhos, eu bebo a existência,
Nesses olhos de doce langor;
Nesses olhos, que fazem solenes,
Meigas juras eternas de amor.

Esses olhos, que dizem n'um'hora,
Num momento, num doce volver,
Tudo aquilo que os lábios nos dizem,
E que os lábios, não sabem dizer;

Esses olhos têm mago condão,
Esses olhos me excitam a viver;
Só por eles eu amo a existência,
Só por eles eu quero morrer.

A uma amiga

Eu a vi — gentil mimosa,
Os lábios da cor da rosa,
A voz um hino de amor!
Eu a vi, lânguida, e bela;
E ele a rever-se nela:
Ele colibri — ela flor.

Tinha a face reclinada
Sobre a débil mão nevada;
Era a flor à beira-rio.
A voz meiga, a voz fluente,
Era um arrulo cadente,
Era um vago murmúrio.

No langor dos olhos dela
Havia expressão tão bela,
Tão maga, tão sedutora,
Que eu mesmo julguei-a anjo,
Eloá, fada, arcanjo,
Ou nuvem núncia d'aurora.

Eu vi — o seio lhe arfava:
E ela... ela cismava,
Cismava no que lhe ouvia;
Não sei que frase era aquela:
Só ele falava a ela,
Só ela a frase entendia.

Eu tive tantos ciúmes!...
Teria dos próprios numes,
Se lhe falassem de amor.
Porque, querê-la — só eu.
Mas ela! — A outro ela deu
Meigo riso encantador...
Ela esqueceu-se de mim
Por ele... por ele enfim.

Por ver-te

Por ver-te inda uma vez
    Meu coração
    Anseia desejoso!
Por ver-te a mim rendido d'afeição,
Por ver-te venturoso!

Por ver-te — após que gozo — o ar que gira:
    Em todo o firmamento,
Eu quisera me fossem denegados,
    Só por ver-te um momento.

Por ver-te inda eu quisera aniquilado
O céu, o mar, a terra, o ar, o vento;
Quisera, pendurados nos abismos,
Ver os astros perderem o movimento.

Quisera qu'em meu leito, a horas mortas,
Tétrico espectro, minaz, sinistramente
Me viesse despertar! — Depois a morte
Meus dias terminasse cruelmente.

Por ver-te, tudo isso me causara
Não pesar — alegria.
Por ver-te uma só vez durante a vida,
    Por ver-te inda um só dia.

Por ver-te inda uma vez
        Meu coração
        Anseia desejoso!
Por ver-te a mim rendido d'afeição,
Por ver-te venturoso.

        Por ver-te
Tudo — tudo eu daria:
A vida, a alma, ó céus!
        Te ofereceria.

Minha vida

Um deserto espinhoso, árido e triste
Atravesso em silêncio — erma soidão!...
Nem uma flor qu'ameigue estes lugares,
Nem uma voz qu'amenize o coração!

É tudo triste... e a tristeza acaso
Convém à minh'alma? Ó dor! Ó dor!
Eu amo acalentar-te no imo peito,
Como a fragrância que se esvai da flor.

Secas as folhas pelo chão caídas,
Calcadas aos pés, o seu ranger me apraz;
Um ai sentido como que murmuram,
Que lembra as queixas qu'o proscrito faz.

E atenta escuto este gemer queixoso,
Que com minh'alma triste se harmoniza.
Não sei se ameiga as dores, mas ao menos
Meus profundos pesares — ameniza.

Nem uma flor, uma somente brilha
No meu deserto... Que avidez mortal!
E o vento rijo que revolve a areia,
Tudo consome, no mover fatal.

No céu a lua, branquejando os mares,
Passeia triste, merencória e bela:
Eu amo a lua, que revela muda
As fundas dores de gentil donzela.

Comigo a sós no meu deserto vivo,
Curtindo dores, que a ninguém comove;
E só a brisa que murmura queixas,
Com meus suspiros a ondular se move.

5 Mas lá no extremo já diviso a campa,
Melhor agora o meu deserto sigo!
Um dia basta — transporei o espaço,
Onde antevejo o derradeiro abrigo.

Hino à liberdade dos escravos

Salve Pátria do Progresso!
Salve! Salve Deus a Igualdade!
Salve! Salve o Sol que raiou hoje,
Difundindo a Liberdade!

Quebrou-se enfim a cadeia 5
Da nefanda Escravidão!
Aqueles que antes oprimias,
Hoje terás como irmão!

COLEÇÃO HEDRA

1. *Don Juan*, Molière
2. *Contos indianos*, Mallarmé
3. *Triunfos*, Petrarca
4. *O retrato de Dorian Gray*, Wilde
5. *A história trágica do Doutor Fausto*, Marlowe
6. *Os sofrimentos do jovem Werther*, Goethe
7. *Dos novos sistemas na arte*, Maliévitch
8. *Metamorfoses*, Ovídio
9. *Micromegas e outros contos*, Voltaire
10. *O sobrinho de Rameau*, Diderot
11. *Carta sobre a tolerância*, Locke
12. *Discursos ímpios*, Sade
13. *O príncipe*, Maquiavel
14. *Dao De Jing*, Lao Zi
15. *O fim do ciúme e outros contos*, Proust
16. *Pequenos poemas em prosa*, Baudelaire
17. *Fé e saber*, Hegel
18. *Joana d'Arc*, Michelet
19. *Livro dos mandamentos: 248 preceitos positivos*, Maimônides
20. *O indivíduo, a sociedade e o Estado, e outros ensaios*, Emma Goldman
21. *Eu acuso!*, Zola | *O processo do capitão Dreyfus*, Rui Barbosa
22. *Apologia de Galileu*, Campanella
23. *Sobre verdade e mentira*, Nietzsche
24. *O princípio anarquista e outros ensaios*, Kropotkin
25. *Os sovietes traídos pelos bolcheviques*, Rocker
26. *Poemas*, Byron
27. *Sonetos*, Shakespeare
28. *A vida é sonho*, Calderón
29. *Escritos revolucionários*, Malatesta
30. *Sagas*, Strindberg
31. *O mundo ou tratado da luz*, Descartes
32. *Fábula de Polifemo e Galateia e outros poemas*, Góngora
33. *A vênus das peles*, Sacher-Masoch
34. *Escritos sobre arte*, Baudelaire
35. *Cântico dos cânticos*, [Salomão]
36. *Americanismo e fordismo*, Gramsci
37. *O princípio do Estado e outros ensaios*, Bakunin
38. *Balada dos enforcados e outros poemas*, Villon
39. *Sátiras, fábulas, aforismos e profecias*, Da Vinci
40. *O cego e outros contos*, D.H. Lawrence
41. *Rashômon e outros contos*, Akutagawa
42. *História da anarquia (vol. 1)*, Max Nettlau
43. *Imitação de Cristo*, Tomás de Kempis
44. *O casamento do Céu e do Inferno*, Blake
45. *Flossie, a Vênus de quinze anos*, [Swinburne]
46. *Teleny, ou o reverso da medalha*, [Wilde et al.]
47. *A filosofia na era trágica dos gregos*, Nietzsche
48. *No coração das trevas*, Conrad
49. *Viagem sentimental*, Sterne
50. *Arcana Cœlestia e Apocalipsis revelata*, Swedenborg
51. *Saga dos Volsungos*, Anônimo do séc. XIII
52. *Um anarquista e outros contos*, Conrad
53. *A monadologia e outros textos*, Leibniz
54. *Cultura estética e liberdade*, Schiller

55. *Poesia basca: das origens à Guerra Civil*
56. *Poesia catalã: das origens à Guerra Civil*
57. *Poesia espanhola: das origens à Guerra Civil*
58. *Poesia galega: das origens à Guerra Civil*
59. *O pequeno Zacarias, chamado Cinábrio*, E.T.A. Hoffmann
60. *Entre camponeses*, Malatesta
61. *O Rabi de Bacherach*, Heine
62. *Um gato indiscreto e outros contos*, Saki
63. *Viagem em volta do meu quarto*, Xavier de Maistre
64. *Hawthorne e seus musgos*, Melville
65. *A metamorfose*, Kafka
66. *Ode ao Vento Oeste e outros poemas*, Shelley
67. *Feitiço de amor e outros contos*, Ludwig Tieck
68. *O corno de si próprio e outros contos*, Sade
69. *Investigação sobre o entendimento humano*, Hume
70. *Sobre os sonhos e outros diálogos*, Borges | Osvaldo Ferrari
71. *Sobre a filosofia e outros diálogos*, Borges | Osvaldo Ferrari
72. *Sobre a amizade e outros diálogos*, Borges | Osvaldo Ferrari
73. *A voz dos botequins e outros poemas*, Verlaine
74. *Gente de Hemsö*, Strindberg
75. *Senhorita Júlia e outras peças*, Strindberg
76. *Correspondência*, Goethe | Schiller
77. *Poemas da cabana montanhesa*, Saigyō
78. *Autobiografia de uma pulga*, [Stanislas de Rhodes]
79. *A volta do parafuso*, Henry James
80. *Ode sobre a melancolia e outros poemas*, Keats
81. *Carmilla — A vampira de Karnstein*, Sheridan Le Fanu
82. *Pensamento político de Maquiavel*, Fichte
83. *Inferno*, Strindberg
84. *Contos clássicos de vampiro*, Byron, Stoker e outros
85. *O primeiro Hamlet*, Shakespeare
86. *Noites egípcias e outros contos*, Púchkin
87. *Jerusalém*, Blake
88. *As bacantes*, Eurípides
89. *Emília Galotti*, Lessing
90. *Viagem aos Estados Unidos*, Tocqueville
91. *Émile e Sophie ou os solitários*, Rousseau
92. *Manifesto comunista*, Marx e Engels
93. *A fábrica de robôs*, Karel Tchápek
94. *Sobre a filosofia e seu método — Parerga e paralipomena (v. II, t. 1)*, Schopenhauer
95. *O novo Epicuro: as delícias do sexo*, Edward Sellon
96. *Revolução e liberdade: cartas de 1845 a 1875*, Bakunin
97. *Sobre a liberdade*, Mill
98. *A velha Izerguil e outros contos*, Górki
99. *Pequeno-burgueses*, Górki
100. *Primeiro livro dos Amores*, Ovídio
101. *Educação e sociologia*, Durkheim
102. *A nostálgica e outros contos*, Papadiamántis
103. *Lisístrata*, Aristófanes
104. *A cruzada das crianças/ Vidas imaginárias*, Marcel Schwob
105. *O livro de Monelle*, Marcel Schwob
106. *A última folha e outros contos*, O. Henry
107. *Romanceiro cigano*, Lorca
108. *Sobre o riso e a loucura*, [Hipócrates]
109. *Hino a Afrodite e outros poemas*, Safo de Lesbos
110. *Anarquia pela educação*, Élisée Reclus
111. *Ernestine ou o nascimento do amor*, Stendhal

112. *Odisseia*, Homero
113. *O estranho caso do Dr. Jekyll e Mr. Hyde*, Stevenson
114. *História da anarquia (vol. 2)*, Max Nettlau
115. *Sobre a ética — Parerga e paralipomena (v. II, t. II)*, Schopenhauer
116. *Contos de amor, de loucura e de morte*, Horacio Quiroga
117. *Memórias do subsolo*, Dostoiévski
118. *A arte da guerra*, Maquiavel
119. *Elogio da loucura*, Erasmo de Rotterdam
120. *Oliver Twist*, Dickens
121. *O ladrão honesto e outros contos*, Dostoiévski
122. *Sobre a utilidade e a desvantagem da história para a vida*, Nietzsche
123. *Édipo Rei*, Sófocles
124. *Fedro*, Platão
125. *A conjuração de Catilina*, Salústio
126. *O chamado de Cthulhu*, H. P. Lovecraft
127. *Ludwig Feuerbach e o fim da filosofia clássica alemã*, Engels

METABIBLIOTECA

1. *O desertor*, Silva Alvarenga
2. *Tratado descritivo do Brasil em 1587*, Gabriel Soares de Sousa
3. *Teatro de êxtase*, Pessoa
4. *Oração aos moços*, Rui Barbosa
5. *A pele do lobo e outras peças*, Artur Azevedo
6. *Tratados da terra e gente do Brasil*, Fernão Cardim
7. *O Ateneu*, Raul Pompeia
8. *História da província Santa Cruz*, Gandavo
9. *Cartas a favor da escravidão*, Alencar
10. *Pai contra mãe e outros contos*, Machado de Assis
11. *Iracema*, Alencar
12. *Auto da barca do Inferno*, Gil Vicente
13. *Poemas completos de Alberto Caeiro*, Pessoa
14. *A cidade e as serras*, Eça
15. *Mensagem*, Pessoa
16. *Utopia Brasil*, Darcy Ribeiro
17. *Bom Crioulo*, Adolfo Caminha
18. *Índice das coisas mais notáveis*, Vieira
19. *A carteira de meu tio*, Macedo
20. *Elixir do pajé — poemas de humor, sátira e escatologia*, Bernardo Guimarães
21. *Eu*, Augusto dos Anjos
22. *Farsa de Inês Pereira*, Gil Vicente
23. *O cortiço*, Aluísio Azevedo
24. *O que eu vi, o que nós veremos*, Santos-Dumont

«SÉRIE LARGEPOST»

1. *Dao De Jing*, Lao Zi
2. *Escritos sobre literatura*, Sigmund Freud
3. *O destino do erudito*, Fichte
4. *Diários de Adão e Eva*, Mark Twain
5. *Diário de um escritor (1873)*, Dostoiévski

«SÉRIE SEXO»

1. *A vênus das peles*, Sacher-Masoch
2. *O outro lado da moeda*, Oscar Wilde
3. *Poesia Vaginal*, Glauco Mattoso
4. *Perversão: a forma erótica do ódio*, Stoller
5. *A vênus de quinze anos*, [Swinburne]
6. *Explosao: romance da etnologia*, Hubert Fichte

COLEÇÃO «QUE HORAS SÃO?»

1. *Lulismo, carisma pop e cultura anticrítica*, Tales Ab'Sáber
2. *Crédito à morte*, Anselm Jappe
3. *Universidade, cidade e cidadania*, Franklin Leopoldo e Silva
4. *O quarto poder: uma outra história*, Paulo Henrique Amorim
5. *Dilma Rousseff e o ódio político*, Tales Ab'Sáber
6. *Descobrindo o Islã no Brasil*, Karla Lima
7. *Michel Temer e o fascismo comum*, Tales Ab'Sáber
8. *Lugar de negro, lugar de branco?*, Douglas Rodrigues Barros
9. *Machismo, racismo, capitalismo identitário*, Pablo Polese
10. *A linguagem fascista*, Carlos Piovezani & Emilio Gentile

COLEÇÃO «ARTECRÍTICA»

1. *Dostoiévski e a dialética*, Flávio Ricardo Vassoler
2. *O renascimento do autor*, Caio Gagliardi
3. *O homem sem qualidades à espera de Godot*, Robson de Oliveira

«NARRATIVAS DA ESCRAVIDÃO»

1. *Incidentes da vida de uma escrava*, Harriet Jacobs
2. *Nascidos na escravidão: depoimentos norte-americanos*, WPA
3. *Narrativa de William W. Brown, escravo fugitivo*, William Wells Brown

COLEÇÃO «WALTER BENJAMIN»

1. *O contador de histórias e outros textos*, Walter Benjamin
2. *Diário parisiense e outros escritos*, Walter Benjamin

Adverte-se aos curiosos que se imprimiu este livro na gráfica Meta Brasil, em 21 de setembro de 2021, em papel pólen soft, em tipologia MinionPro e Formular, com diversos sofwares livres, entre eles LaTeX & git.
(v. 6e2f894)